KB127071

허기의 쓸모

삶에 허기진 당신을 위한 위로의 밥상

허기의 쓸모

삶에 허기진 당신을 위한 위로의 밥상

서지현 **지음**

프롤로그

마음의 주소, 맛의 주소

수년의 육아 휴직을 마치고 학교를 찾았던 날이 기억납니다. 교무실에는 익숙한 얼굴들이 변함없이 제자리를 지키고 있었습니다. 얼마 전까지만 해도 큰 의지가 되었던 선배 교사들과 깊은 유대를 나누던 동료들. 다만 그곳에 제 자리만은 없었습니다.

목구멍으로 치밀어 오르는 감정을 꿀꺽 삼켰습니다. 퍼뜩 정신이 들어서입니다. 교단에 서 있어야 할 내가 이제는 주부이자 두 아이의 엄마로 살아가게 되었다는 것. 어쩌면 두 삶의 가치가 동급일지 모른다는 생각이 차올랐습니다. 그렇게 전 교무실 한편에 얼어붙어 서서 결연해지고 말았습니다. 서울 살림집과 근무지인 부산 학교와의 거리를 감당할 뾰족한 대안은 끝내 떠오르지 않았습니다. 저는 결국 두 아이로 인해 주어진 휴직 기간 6년을 꽉 채운 후 힘없이 교단을 내려와야 했습니다.

나름의 삶을 꾸려 가야 했습니다. 교단 대신 주방에 섰습니다. 밥을 짓고 글을 지었습니다. 영유아 둘을 둔 가정에서 낮의 주방은 흡사 전쟁터와 같았습니다. 만들어 먹이고 치우는 일이 쉼 없이 이어졌지요. 밤의 주방은 제게 한밤중의 놀이터가 되어 주었습니다. 의무감에서 벗어나 해 보고 싶었던 요리를 하며 그 재미에 푹 빠져 보곤 했습니다. 서툰 솜씨로 차려 낸 밥상, 그 밥상에 둘러앉아 정을 나눈 이야기를 글로 풀어내고 나면 비로소 하루를 잘 보냈다는 뿌듯함이 몰려왔습니다. 아이들이 잠든 야심한 시각마다 그렇게 하나둘 써 낸 이야기들을 모아 책으로 엮었습니다.

음식 이야기를 시작하며, '허기'에 대한 기억을 먼저 들춰 보았습니다. 저의 경우 허기란 단순히 배 속 사정에 관한 것만은 아니었습니다. 애정이 크게 고팠던 유년기부터 혼자 힘으로 등록금을 해결하며 학업을 이어 가야 했던 대학과 대학원 시절, 그리고 사회인이 되어 미식의 세계를 알아 가던 시기에도 허기는 좀체 가시지 않았습니다. 가정을 꾸리고 아이 양육으로 발목이 묶였던 시기에는 불분명한 미래를 앞두고 허기를 병처럼 앓았습니다. 아마도 정신적 허기였겠지요. 그때마다 마음의 결핍을 채워 준 것은 엄마가 차려 준 밥, 혹은 엄마 밥을 닮은 정성이 가득 깃든 밥상이었습니다. 그 음식들로 속을 든든히 채우고 나면 세상을 향해 또 한걸음 성큼 내딛을 힘이 불 일 듯 솟곤 했습니다.

흔히들 '배가 불렀다'고 하던가요? 살다가 너무 멀리 왔다는 생각이 들거나 한 편으로 크게 치우쳤다 싶으면 허기졌던 그날들을 떠올립니다. 스스로의 마음속 상태를 들여다보며 다시금 낮아져야 할 시점입니다. 허기졌던 날들의 기억, 그곳은 내가 잊지 않고 돌아가야 할 '마음의 주소'입니다. 한편, 주방을 지키는 내가 찾아가야 할 '맛의 주소'이기도 합니다. 그날의 맛이 여전히 혀끝 미각에 머물러 있습니다. 허기 끝에 마주한 진실한 음식의 맛, 전신을 휘감으며 몸속 구석구석을 만족시키던 풍미가 말입니다. 그날의 맛과 향을 복기해 내려 때때로 애를 씁니다.

집밥은 우리 삶의 최고의 강장제이자 치료제입니다. 아무리 단출한 밥상일지라도 정성을 다한 음식에는 격려하고 치유하는 힘이 있습니다. 외식 문화의 발달로 손쉽게 배를 채울 수 있는 세상에서도, 코로나 팬데믹의 장기화로 크게 변화된 일상에서도 집밥은 여전히 유효합니다. 오늘 사랑하는 이를 위해 차린 밥상이 훗날 그들이 앓게 될지 모를 정신적 허기를 달랠 힘이 되리란 걸 믿어 의심치 않습니다. 이러한 진심이 삶에 허기진 독자들 한 분 한

분의 가슴에 가닿기를 바랍니다.

이 책에 소개된 음식들은 하나같이 '허기'라는 이름의 레시피를 따라 지었습니다. 손쉬우면서도 조리 과정을 온전히 즐길 수 있는 음식들입니다. '사랑과 정성'이라는 천연 감미료도 조금 넣었습니다. 그 이상의 맛의 비법을 저는 아직 알지 못합니다. 그렇게 좋다는 집밥을 짓는 일이 버겁게만 느껴지신다면, 제 이야기를 통해 조금은 가벼워졌으면 합니다. 집 밖에서 집밥의 세계로 훌쩍 건너오고 싶은 분이 계신다면, 부디 이 글이 친절한 집밥 안내서가 되어 주었으면 합니다.

엄마가 지어 주는 음식이라면 무엇이든 달게 먹어 주는 지후와 지인이, 글 쓰는 삶을 꾸준히 독려하며 새로 써내는 글마다 기꺼이 첫 독자가 되어 준 나의 옆지기에게 고마운 마음을 전합니다.

부족한 글을 정성스럽게 매만져 주신 허들링북스 편집부에도 진심으로 감사드립니다.

2021년 초가을
서지현

차례

3장 허기를 채우는 레시피

4장 완벽한 밥상은 없다

배고팠던 날들을 떠올려 보았습니다.

단순히 배 속 허기를 느낀 날뿐 아니라 삶이 그저 고달팠던 날도요.

그런데 웬일인지 배고픔의 기억은 행복의 추억과 아련하게 맞닿아 있습니다.

배고픔 뒤에는 늘 '좋은 것'이 뒤따르곤 했습니다.

배고픔은 단순한 결핍이 아닌 채움의 또 다른 이름이었습니다.

허기짐 끝에 마주했던 소박한, 그러나 특별한 음식에 대한 기억을 담았습니다.

그날의 맛을 지금까지도 두고두고 음미합니다.

1장

배고파 본 적 있나요?

두 번 떨어진
과일의 맛

나무에서 한 번, 자전거에서 또 한 번

친구들과 동네 골목골목을 누비노라면 저 멀리 마을 어귀로부터 자전거 한 대가 시야에 들어왔다. 엄마가 탄 자전거가 틀림없었다. 벌써 엄마가 과수원에서 돌아오실 때가 되었는가. 놀이에 빠져 해가 이우는 줄도 몰랐던 모양이다. 그새 하늘이 붉게 물들고 있었다. 갑자기 허기가 느껴졌다.

"엄마!"

반가운 마음에 엄마를 크게 한 번 불렀다. 오빠와 나는 그길로 엄마에게 달려가 자전거 뒤를 졸졸 따라 집으로 돌아왔다. 엄마는 자전거를 샘 곁에 대더니 짐받이에 실린 마대 자루를 풀기 바빴다. 뭐가 들었을까. 엄마는 허리에 단단히 힘을 주고 '끙' 하고 앓는 소리를 한 번 내더니 가까스로 자루를 끌어 내렸다. 제법 무거운 게 들어 있는 모양이었다.

"배고프지? 여기 앉아서 이거 먹자. 엄마가 일 마치고 떨어진 거 주워 온 거야."

"와, 복숭아다! 엄마, 이거 가져와도 되는 거야?"

"그럼, 나무에 달린 건 따서 주인 드리고, 땅에 떨어진 건 맘껏 가져가라고 해서 말이야."

엄마는 자루에 한가득 담긴 복숭아를 큰 소쿠리에 우르르 쏟아냈다. 하나같이 모양이 온전치 못한, 깨지고 문드러진 복숭아였다. 엄마는 그중 제일 붉고 성해 보이는 놈을 몇 알 골라 들고 샘으로 향했다. 복숭아를 씻으려고 바닥에 쭈그려 앉는 엄마의 자세가 어쩐지 어정쩡해 보여 물었다.

"엄마, 왜 그래? 어디 아파?"

"아, 엄마가 복숭아를 싣고 오는데 자전거가 넘어지는 바람에… 허벅지랑 무릎을 좀 다쳤어. 우리 새끼들 주려고 너무 많이 주워 담았나 봐."

엄마가 말하며 빙긋 웃는데 미소 사이로 감출 수 없는 고통이 가늘게 삐져나왔다.

"어디 봐 봐, 엄마."

어린 나는 냉큼 엄마에게 다가갔다. 엄마의 들춘 바지 새로 깨진 무릎과 퍼렇게 멍든 허벅지가 드러났다.

우리는 더 묻지 않고 엄마가 샘에서 대충 씻어 내온 복숭아를 하나씩 받아 들었다. 복숭아 한 알이 가까스로 손아귀에 쥐어졌다. 이미 무를 대로 무른 과일은 껍질이 훌렁훌렁 잘도 벗겨졌다. 한 입 크게 베어 무는데 어쩐지 엄마에게 미안한 맘이 들었다. 내 눈물 대신이었던가, 복숭아를 꼭 움켜쥔 손가락 사이로 과즙이 주르륵 흘렀다. 눈물을 훔치듯 복숭아 물을 부지런히 핥았다. 엄마에게 슬픈 마음을 들키기는 싫었다.

엄마는 '복숭아는 아무리 먹어도 탈이 안 난다'며 자꾸만 많이 먹으라고 했다. 그날 우리는 샘 바닥에 쭈그리고 앉아 얼마나 많은 복숭아를 까먹었는지 모른다. 복숭아는 달고 시원했다. 어쩌면 두 번 떨어졌을지 모를 복숭아였다. 나무에서 한 번, 우리 엄마 자전거에서 또 한 번. 그런 탓일 게다. 나에게 무르고 문드러진 복숭아는 울 엄마 깨진 무릎이요, 멍든 허벅지다.

알뜰 코너를 지나치지 못하는 까닭은

엄마의 복숭아 때문인가. 두 아이의 엄마가 된 나는 무른 과일을 함부로 대하지 못한다. 그런 과일이 요즘에 와서는 마트 한편의 알뜰 코너나 어느 노점상의 떨이 상품이 되어 팔린다. 흠이 있거나 판매 시일을 놓쳤거나, 어떤 이유로든 구매자의 눈길을 끌지 못하게 된 '한 번 떨어진' 과일들이다. 장을 보느라 마트에 가면 알뜰 코너를 지나치지 못한다. 최대한 몸값을 낮추고 빠른 처분을 기다리고 있는 성치 못한 과일들, 저들에게 어떤 사연이 있는가 하고 가만 들여다본다.

4월의 어느 화창한 봄날, 그날도 알뜰 코너를 지나는데 대략 예닐곱 알이 담긴 토마토 한 팩이 단돈 2천 원에 나와 있었다. 꼭지 부근의 작은 흠집만 빼곤 상태가 썩 괜찮아 보였다. '생으로 먹기에 마땅찮은 맛이면 소스를 만들면 되지'라고 생각하면서 진열된 토마토를 전부 집어 왔다. 그런데 집에 와서 보니 그것은 일반 토마토가 아니었다. 한 철만 짧게 나고 만다는, 당도 높고 맛이 깊기로 유명한 대저토마토였다. 알뜰 코너 상품이라는 사실이 무색할 정도로 맛도 신선도도 뛰어났다. 진열대 위 토마토를 전부 사오길 잘한 일이었다.

아삭하고 탱글탱글한 과육, 달콤하고 짭짤한 과즙의 대저토마토를 듬뿍 올린 아침 샐러드는 맛깔났다. 토마토의 풍미 덕에 어떤 드레싱도 필요 없었다. 주스로 갈아 마셔도 그만이었다. 당 첨가 없이 순수하게 토마토만 갈아 낸 주스는 몸속 깊은 갈증을 해소해 주었다. 며칠간 아침으로 쑥개떡 몇 장을 찌고 토마토 주스를 곁들여 먹었다. 아니, 토마토 주스에 쑥개떡을 곁들였다고 하는 편이 옳을는지도.

생으로 먹고 남은 대저토마토는 집에서 숙성시키던 완숙 토마토와 함께 섞어 토마토소스로 만들었다. 대저토마토와 완숙 토마토를 반씩 섞은 소스는 고추장처럼 색이 고왔다. 그것은 파스타 소스로, 케첩 대용으로, 혹은 홍합 스튜의 국물로 요긴하게 사용될 참이었다. 김치찌개와 카레에도 한 숟갈 넣으면 요리의 풍미가 몰라보게 깊어질 테지.

나의 토마토 요리가 썩 괜찮았던 것은 알뜰 코너에서 집어온 토마토가 꼭 상태 좋은 대저토마토라서였을까? 그것만이 맛의 비결은 아닐 것이다. '한 번 떨어진' 과일에 사랑과 정성을 입히면 맛이 배가된다. '두 번 떨어진', 그러나 세상 부러울 것 없는 맛을 내던 내 어린 시절, 우리 엄마의 복숭아처럼.

우리 아이들도 나의 토마토 요리에서 '두 번 떨어진' 과실의 맛을 느낄는지 때때로 궁금하다.

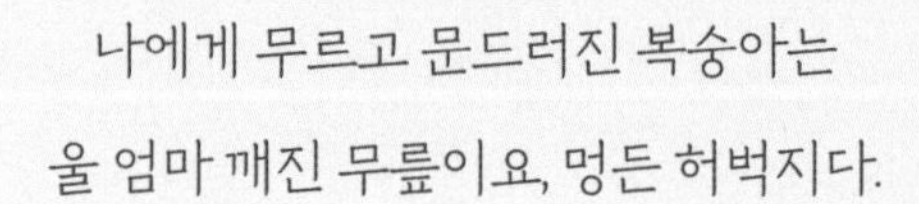

나에게 무르고 문드러진 복숭아는

울 엄마 깨진 무릎이요, 멍든 허벅지다.

닭 목을 먹으면

밥상에 백숙이 오르면 할머니는 어린 내게 목뼈를 권하셨다. 그러면서 '닭 목을 먹으면 노래를 잘하게 된다'고 하셨다. 어린이 동요대회에 나가 노래를 잘 부르고 싶었던 나는 비쩍 마른 닭 목 뼈다귀에 붙은 살을 부지런히 발라 먹었다. 통통하게 살이 오른 닭 다리 두 짝은 임자가 이미 정해져 있었다. 하나는 큰오빠 몫이고, 나머지 하나는 어김없이 작은오빠 차지였다. 굳이 닭 다리를 탐할 일도 없었다. 한 번도 맛본 적이 없던 터라 애초에 그 맛을 알지 못했기 때문이다.

할머니는 늘 '아들이 셋은 되어야 한다'고 하셨단다. 내 위로는 오빠가 둘이다. 셋째로 태어난 나는 남들 눈에만 귀한 고명딸이었다. 싸개에 싸인 갓난아이를 그분 앞에 내어놓자 눈길 한 번 주지 않고 저 먼발치로 밀쳐 버리시더란다. "아무짝에도 쓸데없는 그까짓 계집애"라고 한 마디 톡 쏘시면서. 그러나 할머니 말씀과 달리 난 여러모로 쓸모 있는 아이였다. 돌확에 보리쌀 갈기, 방 걸레질, 요강 부시기, 찬거리 손질까지 할머니의 잔심부름은 언제나 내 몫이었다.

부모님이 외딴 시골 마을에 목장을 짓고 소, 돼지를 키우신 적이 있다. 한 시절 우리 삼 남매는 할머니 슬하에 맡겨졌다. 아직 분가 전인 작은아버지 가정과 함께였다. 부모님은 며칠에 한 번씩 할머니 집에 들렀다. 아이들이 밥은 잘 먹는지, 안 아프고 잘 크는지, 고된 목장일 중에라도 자식들이 얼마나 눈에 밟힐 일이던가. 솔직히 두 아들에 대해서는 염려할 일이 없었을 거다. 할머니는 언제나 두 손자를 금이야 옥이야 애지중지하셨으니. 다만 그분의 관심 언저리에 있던 막내딸에 대해서만큼은 마음을 놓을 수가 없었을 거다.

하루는 부모님이 일을 마치고 할머니 집에 오니 온 식구가 상을 빙 둘러앉아 저녁을 먹고 있었다 한다. 그 밥상 바로 아래서 어린 딸이 다리 사이에 야무지게 밥 대접을 끼고 앉아 국에 만 밥을 퍼먹고 있었다고. 아찔해진 엄마는 곧장 작은 봇짐을 싸서는 딸아이 손을 잡아끌었다. “엄마 없이도 밥만 잘 먹는 애를 왜 데려가느냐”, “소 돼지밖에 없는 깡촌에 어린애를 데려가서 어쩔 셈이냐” 하는 호통만이 등 뒤에서 쩌렁쩌렁 울려댔다. 엄마 손에 이끌려 집을 빠져나온 아이는 총총거리며 엄마의 걸음을 부지런히 좇았다. 얼마간 잰걸음으로 따라가다가 곧 짝발을 디뎌 가며 뜀을 뛰었다. 저도 모르게 콧노래가 흘러나왔다. 아이는 흥에 겨워 폴짝거리다가 어느새 엄마를 저만치 앞지르고는 빨리 오라고 손짓을 해 댔다.

엄마가 딸아이를 불러 세웠다. 구멍가게 앞이었다. 엄마는 아이에게 제일 좋아하는 과자가 무어냐고 물었다. 아이는 빨간 봉지 사또밥 한 봉을 번쩍 쳐들었다. 포슬포슬 노란 가루가 뒤덮인 보드라운 팝콘이 입안에서 스르르 녹아내렸다. 눈칫밥 설움도 슬그머니 사라지고 말았다. 반찬 투정 한 번 없이 밥 잘 먹는 아이라도 사랑만큼은 무척 고팠다. 허나 그것은 그리 대단한 허기가 아니었던 모양이다. 그토록 사랑에 목말랐던 마음이 커다란, 어쩌면 완전한 사랑으로 한순간에 채워졌던 걸 보면.

닭 목을 먹으면 노래를 잘하게 된다는 말은 낭설이었다. 요즘에 와서 닭 목은 개나 고양이 간식으로 가공되어 팔린다. 일부 치킨 프랜차이즈 가게에서는 아예 닭 목을 빼고 조리하기도 한다. 사람들이 닭의 목 부위를 선호하지 않을뿐더러 혐오 부위로 여기기 때문이란다. 심지어 닭 목덜미 피하지방에는 다량의 콜레스테롤이 함유되어 있어 건강에 해롭다는 이야기까지.

닭 목뼈를 발라 먹고 자랐어도 나는 할머니보다 조금 더 큰 사람이 되었다. 그리고 이제는 애달픈 마음으로 그분을 떠올린다. 닭 다리를 뜯지 못한 사람이 비단 나뿐이 아니었음을 뒤늦게야 깨달았기 때문이다. 할 수만 있다면 닭 한 마리를 푹 무르게 삶아 할머니 앞에 놓아 드리고 싶다. 이가 성치 못한 우리 할머니가 맘 놓고 고기를 씹으실 수 있도록. 그러고는 닭 다리 하나를 시원스럽게 뜯어 할머니 손에 쥐여 드릴 테다. 어린 손녀를 신데렐라 삼을 수밖에 없었던 그 시절의 아픔과 사연까지도 따뜻하게 보듬어 드리고 싶다.

할 수만 있다면
닭 한 마리를 푹 무르게 삶아
할머니 앞에 놓아 드리고 싶다. 이가 성치 못한
우리 할머니가 맘 놓고 고기를 씹으실 수 있도록.
그러고는 닭 다리 하나를 시원스럽게 뜯어
할머니 손에 쥐여 드릴 테다.
어린 손녀를 신데렐라 삼을 수밖에 없었던
그 시절의 아픔과 사연까지도
따뜻하게 보듬어 드리고 싶다.

분노의 뚝배기 닭개장

쏟아지는 졸음을 가까스로 털어 내고 앉아 마주한 밥상은 기가 막힐 노릇이었다. 자체 발열하는 항성처럼 저 스스로 바글바글 끓고 있는 시뻘건 뚝배기 닭개장, 그리고 그 옆에 얌전히 놓인 밥 반 공기.

뜨끈하게 닭개장에 밥 좀 말아 먹고 가, 하시며 엄마는 딸 손에 들려 보낼 도시락을 챙기느라 여념이 없으시다.

"아, 엄마, 나 늦었는데. 이렇게 뜨거운 걸 어떻게 먹으라고."

"그러게 깨울 때 일어나지. 깨우라 해 놓고선 깨우면 자고 또 자고…."

내키지 않는 마음으로 밥 한 숟갈을 떠서 일단 국에 말고 본다.

"켁! 켁!"

첫술에서부터 사레가 들리고 말았다. 지독히 매운 고춧가루 때문인지, 톡 쏘는 후추 향 탓인지는 모른다. 발작적인 기침을 간신히 진정시키고 조심스레 밥숟가락을 든다. 그래도 밥이 잘 넘어가지 않는다. 밥을 적게 올려 보기도, 숟가락을 입 앞에 대고 호호 불어 보기도 하지만 소용없는 일이다. 가스버너 위에 올린 것도 아닌데 여전히 신나게 끓어대는 닭개장이 마냥 얄밉다. 밥을 다 먹도록 이 발열체가 식을 일은 없을 것만 같다.

'가뜩이나 늦었는데 왜 하필 이렇게 뜨겁고 매운 국인데….'

엄마를 향한 화도 속에서 보글보글 끓는다. 밥을 먹는 내내 얼굴이 벌겠다. 국이 마냥 맵고 뜨거워서가 아니었다. 엄마가 도무지 이해가 안 되고 미운 마음이 들어서였다. 식사를 다 마치도록 뚝배기 한 번, 엄마 한 번 번갈아 가며 째려보았다. 지금에 와서야 하는 얘기지만 엄마가 무슨 잘못인가. 깨워도 제때 못 일어나고 10분만, 5분만 하며 늦장을 피운 한창 잠 많을 나이의 여고생이, 그것도 아니면 깊은 피로감을 안겨 준 수험 생활 자체가 문제라면 문제였을 테지.

아침 밥상에 대해서는 가끔 불만을 품었지만 엄마가 아침마다 들려 주는 칼도마 소리만큼은 참 좋았다. 그것은 내가 유년기와 학창 시절을 보내는 동안 마음에 깊은 위안과 안정을 주는 소리였다.

'똑 또각, 똑 또각….'

잠결엔지 꿈결엔지 아득히 먼 데서 들려오는 소리, 그 소리가 보다 일정하고 선명해지면 잠에서 깨어나곤 했다. 제법 울림이 큰 소리임에도 칼도마 소리는 전혀 성가시게 느껴지지 않았다. 오히려 그 소리는 엄마 품과 같이 포근하고 아늑했다. 그것은 나보다 앞서 깨어난 엄마가 나의 하루를 위해 좋은 것을 준비하고 있음을 알려 주는 다정하고도 믿음 가는 소리였다.

학교생활은 대체로 즐거웠다. 사각 책걸상에 붙박이처럼 앉아 종일 책과 씨름해야 했지만 때마다 웃을 일이 많았다. 그러다 문득 엄마가 생각나면 마음이 무거워졌다. '엄마는 지금 무슨 생각을 하고 계실까?' 적어도 내가 보고 느끼기에 엄마의 삶은 행복하지 못한 것 같았다. 엄마는 가족, 특히 자식에 대한 책임감으로 힘겹게 하루하루를 이어 나가고 계심이 분명했다.

'엄마가 행복해질 수 있을까?'

'만일 엄마가 없다면 어떻게 될까? 나는? 그리고 우리 집은?'

방정맞은 생각들이 자꾸만 떠올랐다. 억지로 생각을 털어 내고는 딱딱한 걸상에 걸친 허리를 한 번 더 곧추세웠다. 그것 말고는 도리가 없었다. 그러다 새 아침이 되어 언제나처럼 귓가에 엄마의 칼도마 소리가 와 닿으면 비로소 안심이 되었다. '엄마는 어쨌든 지금 내 곁에서 변함없이 내 뒤를 봐주고 있잖아'라고 생각하며 안도했다.

엄마가 된 지금에야 그 소리의 분명한 정체와 의미를 안다. 주방에 서서 칼도마를 두드릴 수 있다는 건 최소한의 살아갈 힘과 용기가 있다는 뜻이다. 몸과 마음이 심하게 지친 날, 고민이 무척 깊은 날엔 칼도마를 두드릴 작은 기운조차 나지 않는다. 둘 중 하나였을 것이다. 그 시절 엄마가 진 삶의 무게가 어린 나의 염려보다는 작고 가벼운 것이었거나, 인생의 큰 짐을 지고도 의연하게 칼도마를 두드릴 수 있을 만큼 엄마가 강인한 사람이었거나. 아마도 후자에 가까우리라.

지금의 나라면 칼도마 소리만 듣고도 엄마가 대체 무슨 요리를 하려는지 단박에 알아챌 수 있을 테다. 깍둑깍둑, 감자를 반듯하고 네모지게 썰어 감자조림을 하려는 건지, 나박나박, 가을무를 납작하고 얇팍하게 썰어 오징엇국을 끓일 참인지, 그것도 아니면 총총 가늘고 길게 썬 당근으로 김밥 속을 채우려는지 말이다. 뚝배기 닭개장을 끓이던 그날, 엄마는 내가 좋아하는 파를 듬뿍 올리기 위해 새파란 쪽파 네댓 대를 도마에 올려 쫑쫑 썰어댔을 것이다. 이제야 정식으로 엄마에게 고백할 참이다. 그땐 정말 미안했다고, 밥보다도 잠이 너무 고파 어쩔 수 없었노라고.

이제는 나도 도마 소리를 들려 주는 엄마가 되었다. 때때로 닭개장을 끓인다. 백숙용 닭을 한 마리 사다가 큰 솥에서 푹 삶아 육수를 내고 고기는 건져 내 일일이 살을 바른다. 내 입맛을 닮아 파를 좋아하는 아이들을 위해 대파 다짐을 준비한다. 먼저 대파를 길게 반으로 갈라 두 쪽을 한 손에 모아 잡고 최대한 가늘게 송송 썬다. 아이들이 아직 어려서 매운 고춧가루는 풀지 않는다. 다 된 국은 한 김 식힌 후 뚝배기가 아닌 사기그릇에 담아 내준다. 아이들이 혹여 못마땅한 눈으로 엄마를 흘겨보면 안 되리.

도시락은 식도락

타종 직전, 지글대는 전자 스피커의 잡음에 우리들 엉덩이는 이미 들썩이고 있었다. 일분일초가 아쉬운 상황이었다. 수업 끝을 알리는 종소리가 발사되는 동시에 날래게 교실 뒷문을 빠져나갈 참이었다.

저마다의 손에는 도시락 가방이 든든히 들려 있었다. 전투에 막 나서는 비장한 군사나 다름없는 태세였다. 점심시간이란 게 우리에겐 큰 의미가 없었다. 이미 다 된 밥이 수중에 있어 언제라도 까먹기만 하면 될 일이었다.

나와 몇몇 친구들은 3교시 쉬는 시간마다 중요한 의식을 치르고 있었다. 종이 울리자마자 총알처럼 튀어 나가 교실 앞 정원 벤치에서 도시락을 풀었다. 이 모든 계획이 한 치의 오차도 없이 진행되는 날이면 10분의 시간은 점심 식사를 즐기기에 충분했다.

서너 명이 동시에 도시락 뚜껑을 열어 젖히면 비릿한 밥내와 달콤 짭조름한 반찬의 향미가 와락 풍겼다. 우리들의 눈은 서로의 밥반찬이 무엇인지를 재빠르게 훑어 내렸다. 뭐가 그리도 재밌었는지 우리는 시종 머리를 맞부딪치며 낄낄댔다.

몇 벌의 젓가락이 얽히고설키며 반찬 통 사이를 부지런히 오갔다. 미션을 완수하기에도 부족한 시간에 할 말일랑 또 왜 그리 많던지, 우리는 야물게 입을 오물거리면서도 쉴 새 없이 입을 놀려댔다. 정 급박하다 싶으면 서로가 시선을 주고받으며 고개를 주억거리는 것으로 대답을 대신하기도 했다. 타들어가는 긴장감 속에서 밥맛은 또 왜 그리 좋던지.

우리를 나무라는 사람은 아무도 없었다. 우리가 도시락을 미리 까먹는 이유를 어른들은 익히 알고 있었기 때문이었다. 정작 점심시간이 되면 우리는 약속이나 한 듯 빈 교실로 모여들었다. 간간이 특강이 열릴 때만 사용하는 교실이었다. 도시락을 다 까먹은 우리는 한 시간 남짓 되는 점심시간을 오롯이 자습에 할애했다. 시간에 절박한 수험생들이 자발적으로 모인 곳이다 보니 누구 하나 잡담을 시도하는 이도 없었다. 감독도 없이 우리의 자율학습은 꽤나 좋은 분위기를 유지했다. 서너 명의 '도시락파'가 얼마 안 가 십여 명으로 늘었다. 이것은 학교로서도 득이 되는 일이었다.

아무래도 그해 우리 학교가 입시에서 썩 괜찮은 성적을 냈던 것은 순전히 도시락 덕이 아니었겠나, 가끔 그런 시답잖은 생각을 한다.

도시락은 그 양이 상당했다. 납작한 '스뎅 도시락' 통에 펼쳐 담은 밥을 일반 밥공기에 퍼 담으면 고봉밥이 족히 되고도 남을 터였다. 그 밥을 조금도 남김없이 달게 먹었으니 어찌 힘이 나지 않을 수 있었을까. 날이 서늘해지면 두 개의 보온 도시락을 싸서 다녔다. 점심 도시락은 훈김이 얼굴로 훅 끼쳐 오를 정도로 뜨거웠다.

저녁 도시락은 한 김 식어 있었다. 그러나 온기가 아주 가시진 않아 그럭저럭 따끈한 밥을 먹을 수 있었다. 엄마는 밥을 퍼 담기 전에 팔팔 끓는 물을 보온 통에 부어 두는 걸 잊지 않았다. 상당한 시간이 지나도 밥이 식지 않았던 비결이었으리라. 엄마는 매일 아침 그 정성으로 삼 남매의 도시락, 그러니까 총 6개의 도시락을 쌌다.

야간자율학습이 있던 시절, 도시락 두 개는 전투식량과도 같은 것이었다. 해 뜨고 나서부터 늦은 밤까지 지속되는 기나긴 수험생활을 떠받쳐 주는 든든한 지지대 같은 것. 하루를 오롯이 버텨 낼 힘이 전부 엄마가 양 손에 들려 주신 두 개의 도시락에서 나왔다. 종일 이어지는 수업을 너끈히 버티고도 쉬는 시간 틈틈이 책장을 들추고, 집과 학교를 오가는 길에 영어 단어를 웅얼거릴 수 있었던 것은 결국 밥걱정이 없어서였을 것이다.

지금은 틈만 나면 밥걱정이다. 좀 더 구체적으로 말하자면 '밥 지을 걱정'이다. 일부러 시간을 내서 일주일에 몇 번이고 장을 봐다 나르고 틈나는 대로 찬거리를 준비한다. 경제활동을 다시 제대로 시작해 볼까 싶다가도 아무래도 밥이 맘에 걸린다. 그 흔한 시간제 근무에조차 선뜻 나서질 못한다. 그놈의 '밥'에 제대로 발목이 잡혀 도무지 앞으로 성큼 나아가질 못한다. 잠시 외출을 했다가도 식구들 밥걱정에 발걸음을 재촉한 적이 어디 한두 번인가. 어느새 '그 귀하신 밥'에 쩔쩔매는 신세가 되고 만 것이다.

10분 내로 밥을 다 먹고도 체한 적이 없었다. 도시락은 세상 맛좋으면서도 가장 건강하고 안전한 밥이었다. 그것은 결국 내 인생 한때의 보장된 즐거움이었다. 티끌만 한 잡념도 섞지 말고 오롯이 꿈꾸는 일에 전념하라고 하늘이 내려주신 특별한 선물. 웃음 많은 벗들과 도시락을 까먹으며 꿈에만 집중했던 시절을 이토록 즐겁게 추억할 수 있는 것을 보면 도시락은 분명 식도락食道樂이었다.

아이를 키우는 입장에서는 학교에서 무상급식을 실시하니 어깨가 한결 가벼워진 것이 사실이다. 그러나 아이들이 매일의 식도락을 즐길 수 없으니 안타깝기 그지없다. 유일하게 엄마가 도시락을 싸 줄 수 있던 소풍날마저 코로나 19 팬데믹으로 사라지고 말았으니 이 또한 통탄할 일이다. 도시락을 하루 두 끼씩이나 먹고 자란 나다. 나도 사랑하는 이의 손에 도시락을 든든하게 들려 주는 인생이고 싶다.

관계의 허기를 달래다

도시락 두 개를 든든하게 꿰차고 다니던 3년간의 수험생 시절은 금세 지나갔다. 입시를 치러 원하는 대학에 합격했고, 새 학기를 며칠 앞둔 어느 날 기숙사에 짐을 풀었다. 옮겨 올 짐은 많지 않았다. 이불 보따리와 옷가지 몇 벌만이 서울 길에 동행한 부모님 손에 들려 있었다.

나와 부모님은 기숙사 내외부를 둘러본 후 내 이름의 명패가 달린 방을 찾아 들어갔다. 선배 한 명과 신입생 두 명이 함께 사용하는 아늑한 방이었다. 내 차지의 침대에 침구를 펼친 후 우리는 침대 한편에 걸터앉았다. 20대에 막 들어선 나는 나름의 성취감으로 살짝 들떠 있었다. 아빠는 대학생활을 앞둔 나에게 반듯한 말씀

몇 마디를 훈화처럼 던졌다. 그러나 엄마는 영 말씀이 없었다.

"밥 잘 챙겨 먹고 다녀."

기숙사 언덕길을 내려가며 엄마는 겨우 한 마디 했다. 애써 참고 있었던 건지, 엄마 눈에서 눈물이 주르륵 흘렀다.

"엄마, 울긴 왜 울어요. 잘 바래다주고선."

엄마는 가까스로 눈물을 삼키고 감정을 추스르며 말했다.

"꼭 시집보내는 것 같단 말이야. 네가 이렇게 일찍 품을 떠날 줄 몰랐지. 딸은 서울로 대학 보내면 시집보내는 거랑 똑같다더라."

그땐 그게 무슨 말인지 몰랐다. 늘 곁에 끼고 있던 딸을 갑자기 독립시키려니 많이 서운하신가, 그리 생각했다. 울적해하시는 엄마 탓에 내 기분도 가라앉고 말았다. 독립. 그렇다. 부모로부터의 독립은 그렇게 느닷없이 시작되었다. 심지어 독립이란 게 뭔지조차 모르는 막막한 스무 살, 막 집을 떠나온 애송이 대학생의 철없는 나이였다.

대학의 신학기란 대개 소란스럽고 분주한 법이다. 학부 선배를 알아 가고 동기들을 사귀는 일이야말로 큰일 중에 큰일이었다. 선후배 관계가 제법 끈끈하기로 소문난 대학이었다. 선배들은 기꺼이 호주머니를 털어 후배들에게 밥을 샀다. 밥맛 좋다는 대학가 식당을 돌며 우리는 서로를 알아 가기 바빴다. 선배와 후배, 그리고 동기 사이를 빠르게 연결해 주는 수단으로 밥만 한 게 없었다.

그러나 나는 다소 내성적인 성향이었다. 짧은 기간에 많은 사람을 알아 가야 하는 일이 큰 부담으로 다가왔다. 통성명을 하고 휴대폰에 저장되는 번호는 쌓여만 가는데 정작 속 깊은 마음을 나눌 만한 사람이 없다는 게 허탈했다. 관계의 허기가 들기 시작했달까. 느리더라도 진정성 있는 관계를 맺고 싶었다. 급하게 상대를 알아 가고자 마련한 어색한 식사 자리에 서서히 지쳐 가고 있었다. 엄마가 때 되면 차려 주시던 밥상과 도시락이 문득문득 생각났다. 평범하고 당연했던, 그러하기에 더없이 편안했던 밥상이 무척 그리웠다.

피할 곳이 아주 없는 것은 아니었다. 기숙사 식당 밥은 밖에서 먹는 밥과는 조금 달랐다. 식당 분위기는 훈훈했다. 식당 조리실 쪽에서는 조리사 아주머니 몇 분이 큰 솥에 김을 모락모락 피워 올려 가며 부지런히 밥을 짓고 있었다. 뷔페식의 식단은 호화로웠다. 반찬의 가짓수도 넉넉했고 아침 식사로는 부담스러울 정도로 기름졌다. 차려진 음식의 정성과 수준에 비해 밥을 먹으러 오는 기숙사 학생 수는 턱없이 적었다. 야심차게 밤을 보낸 후 아침잠을 못 이긴 채 침대 위를 구르는 청년들이 많았으리라.

나갈 채비를 마치는 대로 혼자 기숙사 식당에 가 밥을 먹을 때가 많았다. 간혹 옆 방 친구를 만나 합석하기도 했지만 안면만 있는 사이엔 가볍게 인사를 나누고서 혼자서 자리를 잡는 게 보통이었다. 대화 상대를 신경 쓰지 않아도 된다는 게 편했다. 잘 지어진 밥의 온기와 음식 맛을 제대로 음미할 수 있었다. 피상적인 인간관계에서 오는 헛헛함과 허기가 가시는 순간이었다. 고향 집과 엄마 밥을 그리던 마음이 달래졌다. 혼자 누리는 식사에 이렇게 큰 힘이 있다는 게 놀라웠다.

기숙사에는 꼭 1년을 머물렀다. 청춘의 진정한 독립은 그렇게 기숙사를 뜨는 동시에 시작됐다. 말하자면, 기숙사에서의 날들은 진정한 독립을 앞둔 일종의 유예기간이었던 셈이다. 그렇게나 힘이 나는 밥이었거늘, 기숙사 밥을 좀 더 든든히 먹어 둘 걸 그랬다. 늦잠 잔다고 몇 끼니 거른 일조차 후회스럽다.

2인분의 헤픈 상차림

부모로부터 독립한다는 것은 '엄마 밥'을 더 이상 먹지 못하게 된다는 걸 의미한다. 그건 다름 아닌 하루 세끼 밥을 오롯이 혼자 힘으로 해결해야 한다는 뜻이기도 하다.

대학을 서울로 오게 되면서 더 이상 엄마가 지어 준 밥을 먹을 수 없게 됐다. 그나마 대학 기숙사 밥이 엄마 밥에 대한 향수를 달래 주었다. 그러나 1년 후 기숙사를 퇴소하면서부터는 그마저도 누릴 수 없는 일이 되고 말았다. 그뿐 아니었다. 캠퍼스의 소란 속에서 분주하게 신입생 시기를 보내고 나니 커다란 현실이 눈앞에 닥쳐 있었다. 집안 형편이 급격히 나빠지면서 등록금을 비롯, 부모로부터의 일체의 지원이 일순간에 끊겨 버렸다. 그동안 나를 지탱해 주던 세상의 모든 밥줄이 사라진 셈이었다. 화창한 봄날의 날벼락 같은 일이었다. 서둘러 마음을 추슬러야만 했다. 부모의 형편과 상관없이 나는 나대로 잔잔하게 삶을 이어 가야 했다.

등록금을 마련하는 건 어렵지 않았다. 학과 공부에 신경을 써서 몇 차례 성적 장학금을 타 냈다. 그것이 여의치 않은 학기엔 학자금 대출을 받았다. 갚는 건 나중 일이었다. 문제는 매달, 매일의 생활비였다. 매달 방값을 지불하고 책과 생필품을 사고, 그 무엇 보다도 하루 세끼를 해결하는 일, 그것이야말로 뼈에 와 닿도록 실감 나는 현실이었다.

과외 아르바이트 두 개를 기반 삼아 최소한의 생활을 꾸려 나갔다. 경제적 독립을 이뤄 내야 했지만 대학생 신분으로 주객이 전도되어서는 안 됐다. 일에 에너지를 무리하게 쏟지 않는 선에서 조금 부족한 듯 사는 것도 나쁘지 않을 터였다. 다만 몸과 마음만은 바쁜 나날이었다. 끼니를 가볍게 때우거나 건너뛰는 일이 종종 있었다. 과외가 잡힌 날은 그런 일이 잦았다. 교습 시간에 맞춰 지하철이나 버스로 이동하다 보면 밥때를 놓치기 일쑤였다. 과외 전에 너무 허기가 질 때면 김밥 한 줄, 손바닥만 한 시루떡 한 팩, 빵 하나와 우유 한 팩으로 빈속을 달래곤 했다.

한 학생의 집이 유독 생각난다. 학생의 어머니는 간식이라기엔 과한, 아예 제대로 된 한 끼 식사를 차려 주시곤 했다.

“선생님, 우리 애가 혼자서는 밥을 잘 안 먹어서요. 선생님이랑 같이 먹으면 밥을 좀 먹을까 하구요.”

어머니는 도리어 미안해하는 표정으로 수줍게 말씀하시며 밥상을 방으로 밀어 넣으셨다. 상 위에는 애호박과 두부, 양파, 파 등을 넣은 된장찌개가 냄비째로 보글보글 끓고 있었다. 그 옆에는 김치며 시금치, 멸치볶음 등 손수 만든 밑반찬들이 구성지게 자리를 잡고 있었다. 얼마 만에 먹어 보는 집밥인지, 부족함 없는 따뜻한 밥상에 눈물이 날 지경이었다.

한상차림의 대접은 과외 수업 때마다 이어졌다. 어느 날은 계란찜을 올린 밥상이, 또 어느 날은 비빔밥이, 가끔은 피자 한 판이…. 어머니의 속내를 알 길이 없었다. ‘누굴 위한 밥상이었을까?’ 상을 물릴 때마다 물음표가 생겨났다. 어머니는 매번 살뜰하게 밥과 간식을 챙겨 주시기만 할 뿐 학습 진도는 차질 없이 나가는지, 아이가 공부는 잘 따라가는지, 아이 성적에 차도가 있는지는 묻지도 따지지도 않으셨다. 그분의 전적인 사랑과 신뢰가 나를 꼼짝 못하게 했다. 시간 때우기 식으로 수업에 임할 수가 없었다. 학생을 대하는 마음가짐 자체가 달라질 수밖에 없었다.

과외비로는 환산할 수 없는 사랑 덕이었을까? 제자와의 인연은 꾸준히 이어졌다. 그러다 제자가 미국으로 유학을 떠났고 최근 들어 다시 소식을 알려왔다. 한국에 돌아와 대학 강단에 서게 됐다고, 결혼을 했고 아이도 하나 있다고. 한국의 엄마 품으로 돌아와 엄마 밥을 먹으니 살 것 같다고 했다. 그러면서 한 마디 덧붙이기를, '엄마가 선생님 잘 지내시는지 많이 궁금하시대요' 한다.

'네, 어머니. 전 잘 지내고 있습니다. 그땐 무척 감사했습니다. ○○에게 영어 한 줄 가르친답시고 교사 노릇을 했는데 도리어 제가 어머니께 한 수 배웠어요. 당시 제게는 어머니가 차려 주신 밥상만 한 위로가 없었습니다. 사람을 사람답게 하는 것은 기술도 지식도 훈계도 아닌, 헤픈 사랑인 걸 알게 됐습니다. 저도 어머니처럼 사랑으로 허기를 채워 주는 사람이 되고 싶습니다.'

허기진 청춘의 기댈 언덕

꼭 2,000원이 기준이었다. 2,000원을 넘어서면 한 끼 식사치고는 너무 푸짐한 느낌이 들었다. 또 값이 그에 못 미치면 반찬 가짓수나 내용이 살짝 부족한 듯 아쉬웠다. 대학생 시절, 교내 학생 식당 이야기다. 식당은 '반쯤' 뷔페식이었다. 굳이 '반쯤' 뷔페식이라 한 이유가 있다. 원하는 반찬을 양껏 푸는 방식이 아니었기 때문이다. 일정량의 반찬이 이미 동일한 찬기에 담겨 나와 있었고, 골라 온 메뉴들을 합산해 한 끼 값을 치르는 식이었다.

다채로운 밑반찬과 그날의 주요 반찬, 국 종류가 '200원', '500원', 혹은 '800원' 하는 가격표를 달고 배식대에 올랐다. 학생들은 각자 원하는 음식을 자기 식판에 골라 담았다. 어떤 반찬은 몇 번이고 들었다 놨다 했다. 미리 염두에 둔 식비를 크게 넘어설지 모를 일이었기 때문이다. 신중해야 했다. 배식대의 길게 늘어선 줄을 생각하면 뒤돌아 간다는 게 쉬운 일이 아니었다. 식판에 반찬 하나를 추가할 때마다 머릿속으로 비용을 즉각 셈했다. 배식대 초입에서 시작해 줄을 따라 반원을 그리고 나면 계산대를 만났다. 그날의 한 끼 식사가 결정되는 순간이었다. 제법 먹을 만한 음식을 담아내고도 비용이 1,900원쯤 나오면 흐뭇한 마음이 들었다.

학생 식당은 주머니 사정이 넉넉지 못한 청춘이 기댈 든든한 언덕이었다. 일단 시중 음식에 비해 값이 싸고 푸짐했다. 게다가 속을 편안하게 해 줄 음식들 위주였다. 주로 한식 메뉴로 김치류, 슴슴하게 무친 나물, 굽거나 찐 생선, 볶음류, 고기반찬, 국 등이 잘 어우러져 있었다. 한바탕 소란한 새내기 시절을 보내고 나서는 학생 식당을 왕왕 찾았다. 개인적인 약속이나 특별한 만남이 없는 날이면 학생 식당을 제집처럼 드나들었다.

그 와중에 낭만이 없었던 줄로 안다면 오해다. 식판을 채울 반찬의 내용과 가짓수에 쩔쩔맸다 해서 삶 자체가 팍팍한 건 결코 아니었다. 학생 식당 밥값을 기준으로 생활비를 잘게 쪼개 쓰는 건 잔인하리만치 무미건조하다 생각했다. 아낄 땐 아끼더라도 쓸 때는 쓰는 소신 지출을 하며 나름 탄력적인 삶을 살았다. 일단 과외비를 탄 날엔 챙겨 주고 싶었던 후배를 불러냈다. 평소 밥을 자주 얻어먹었던 선배에게도 은혜를 갚았다. 그럴 땐 당당히 교문 밖으로 나가 대학가에서 나름 입소문 난 집을 찾았다. 식비로 가용한 돈이 뭉텅 떨어져 나갔지만 크게 개의치 않았다. 호의는 돌고 도는 법, 대학에서의 인간관계란 으레 그런 식이 아니겠나.

담박한 식당 밥을 물리고 나면 왠지 모르게 미련이 남았다. 배가 덜 찼다든가 음식 맛이 부족해서가 아니었다. 미련 남은 입맛을 정리해 줄 화끈한 한 방이 필요했다. 교내 곳곳에 놓인 자판기 믹스커피가 딱 100원이었다. 2,000원에서 1,900원을 밥값으로 내고 거슬러 받은 100원으로 커피 한 잔을 뽑아 들었다. 이보다 더 완벽한 수가 어디 있겠는가. 벤치에 앉아 커피 한 모금 머금노라면 '키야' 소리가 절로 터져 나왔다.

가난한 연인의 맛집

한 남자가 해 주는 김치볶음밥에 반해 버렸다. 재료를 다루는 솜씨에서부터 그의 자신감은 넘쳐흘렀다. 김치를 도마 위에 올리고 썰면 맛을 제대로 낼 수 없다 했다. 그는 밥공기에 알맞게 덜어 낸 김치를 가위로 자근자근 한없이 다져댔다. 그 모습이 어찌나 진지하고 기품 넘치는지, 땀방울이라도 또르르 흘러내릴까 보는 내가 다 긴장이 됐다.

또 하나 맛의 비결은 계란을 다루는 방식에 있었다. 그는 계란을 두 번으로 나누어 풀었다. 한 번은 볶음밥에 섞을 용도로 미리 스크램블드에그로 만들어 두고, 다음으로는 계란 한 알을 마지막에 톡 터뜨려 다 된 볶음밥에 전체적으로 막을 입혔다. 그 덕에 김치 맛이 크게 도드라지지 않으면서도 그 풍미가 전체의 맛을 주도했다. 순하면서도 적당히 매콤한 중도의 맛, 매운맛에 쩔쩔매는 내 입에는 그야말로 안성맞춤이었다.

김치볶음밥에 쓰인 재료라고는 김치, 계란, 밥이 전부였다. 그 이상의 맛을 위해 별도의 재료가 필요해 보이지 않았다. 곁들이 반찬으로 그 흔한 단무지조차 없었다. 김치볶음밥을 프라이팬째로 내오면 1인용 밥상이 꽉 찼다.

·

남자는 금호동의 허름한 언덕길, 다 스러져 가는 1층 월세방에 살고 있었다. 행정 주소지야 있었지만 우편배달원들이 주소에 맞는 집을 찾지 못해 애를 먹는 일이 부지기수였다. 남자는 군 제대 후 진로를 정하지 못해 갈팡질팡하는 중이었고, 나 또한 여전히 학생 신분으로 대학원에서 교직 과정을 이수하고 있었다. 그는 장교로 복무해 모은 돈을 갉아먹으며 가까스로 생활을 이어 가고 있었다. 집에서 끼니를 해결해야 할 때가 많았다. 시골 어머니께서 한 번씩 보내 주시는 김치와 밑반찬 몇 가지가 큰 힘이 된다고, 그마저도 궁할 땐 그저 간장에 밥을 비벼 먹는다고 했다.

남자의 자취방에서 그가 만든 김치볶음밥을 처음 맛본 날 여자는 김치 국물까지 여지없이 마셔 버리고 말았다. '이 남자, 이 정도 솜씨면 못하는 요리가 없겠구나.' 더는 고민할 이유가 없었다. 언제라도 남자에게 김치볶음밥을 주문할 수 있는 길을 택했다.

남자의 김치볶음밥을 먹어 온 지 10년이 되어 간다. 뒤늦게 밝히지만 남자가 할 줄 아는 요리라고는 여직 김치볶음밥 말고는 없다. 반드시 가위로 김치를 자르는 그의 소신 조리법조차 여전하다. 힘들이지 말고 칼로 김치를 다지라고 하면 고개를 단호히 내젓는다. 김치만 말고 집에 있는 자투리 채소도 좀 넣으라고 하면 그건 김치볶음밥이 아니라고 한다. 한 번씩 생색내며 김치볶음밥을 만들어 주는 남편에게 농을 던져 본다.

"결혼하고 10년이 지났는데, 이제 다른 메뉴 개발할 때도 되지 않았어?"

"원래 맛집이란 게 그래. 오직 한 메뉴만 파는 법이지."

오직 한 가지 맛에 속아 마음을 빼앗긴 게 억울하다. 허나 얄미우면서도 봐줄 만하고, 서운하면서도 고맙다.

우리는 가난했지만 사랑했고, 가진 게 없었지만 있는 걸 다 줄 줄 알았다. 가난한 연인의 밥상은 소박했지만 부족함이 없었다. 이전에도, 이후로도 그와 같은 맛집은 보지 못했다.

집밥으로의 회귀

미식의 세계를 알아 가던 시기가 있었다. 새내기 교사 시절, 부산의 한 사립학교에서 근무할 때였다. 사학 특유의 가족적인 분위기가 있었다. 선임 교사들은 따뜻했다. 서울에서 신임 교사가 내려왔다며 환대해 마지않았다. 선배 교사들은 기회 닿는 대로 학교 인근의 이름난 식당들로 후배들을 안내했다. 어딜 가서 무엇을 먹든 사회 초년생 입에는 과분한 맛이었다. 학생 신분으로 사 먹던 밥과는 질적으로 다른 음식들이었다. 그저 '맛집'으로 속칭하기엔 석연찮은, 맛이 정갈하고 품격 있는 식당들도 제법 있었다.

여담이지만, 바닷가에서 나고 자랐다는 우리 집 남자가 언젠가 이런 말을 했었다. 피로연이나 뷔페식당 음식의 질을 판가름하는 기준은 회라고. 냉동 회인지 아닌지, 신선도를 가늠해 보면 그곳의 음식 수준을 알 수 있다는 것이다. 그의 논리대로라면 부산 음식은 최상급에 속했다. 해산물의 고장에서 미식을 경험한다는 것, 그것은 생래적으로 육지인인 나에게는 분명 복에 겨운 일이었다.

그러나 아무리 부산이 산해진미의 고장이라 한들 매일 잔치판을 벌일 수는 없는 노릇. 학교 내 식당을 이용하는 날이 많았다. 그곳은 미식 세계의 변방이었던가, 입맛이 까다롭지 않은 내게도 음식이 별로였다. 반찬이 입에 맞고 안 맞고를 말하는 게 아니다. 단체 급식이 으레 그렇듯 먹고 돌아서면 금방 허기가 지는 게, 아무래도 음식들이 영양적인 측면으로는 부족한 것 같은 인상이었다(물론 지금은 상황이 달라졌으리라).

아이 둘의 엄마가 되고 나서야 당시 학생들이 눈에 밟힌다. 대부분 학생들은 과학고, 외국어고 등 특성화고 진학을 목표로 공부하며 학교 기숙사에 기거하고 있었다. 이들에게는 학교 식당의 세 끼 식사 외에는 다른 먹을거리가 없었다. 한창 자라나는 시기의 아이들이 과연 그것으로 충분했을지, 안타까운 마음마저 든다. 그나마 언제라도 미식으로 향하는 기회의 문이 열려 있었으니 나의 경우가 학생들보다 나았다고 해야 할까? 물론 그랬을 것이다. 적어도 배 속에 아이가 들어서기 전까진. 태교 중에 음식 태교가 제

일이라던데, 세끼 밥을 위해 집 밖을 전전하는 엄마라니. 배 속 아이에게 문득 미안한 마음이 들었다.

한창 주말부부 생활을 이어 가던 중이었다. 출산 즈음에 휴직을 하고 서울로 올라가기로 되어 있었다. 희한하게도 아이를 가지면서부터는 아무리 부산의 별미라도 내키지 않았다. 학교 식당 밥은 더더욱 성에 안 찼다. 그저 집에서 갓 지어 낸 밥이 먹고 싶었다. 반찬 없이 누룽지를 끓이더라도 집에서 손수 지은 밥을 먹고 싶었다. 아니, 꼭 그래야 한다는 생각에 강하게 사로잡혔다. 당시 학교 측에서는 부산에 연고가 없는 몇몇 신임 교사들에게 기숙사에 머물 기회를 제공했다. 나 역시 기숙사에 살고 있었는데 그즈음 일부러 나와 방 하나를 얻었다. 작은 주방이 달린 원룸이었다. 그것으로 충분했다.

무엇보다 몽글몽글하고 속이 포근한 계란찜이 간절했다. 엄마가 하던 식을 떠올려 가며 계란물을 풀었다. 그런데 세상에, 계란찜이 그렇게도 만들기 어려운 음식이었을 줄이야! 계란이 골고루 익기도 전에 밑은 타 버리기 일쑤였다. 일단 밑이 눌어붙기 시작하면 특유의 탄내가 계란찜 전체에 스며들어 먹을 수 없는 맛이 돼 버리곤 했다.

부모님이 임신한 딸을 만나러 부산까지 내려오신 날, 엄마에게 계란찜을 주문했다. 엄마가 해 준 계란찜은 간을 따로 하지 않아도 될 만큼 진한 멸치 육수로 맛을 내고 새우젓으로 감칠맛을 더한 요리였다. 제법 간간하지만 자극적이지 않고 왠지 안심되는 맛. 땀을 뻘뻘 흘려 가며 계란찜 뚝배기 한 그릇을 비워 냈다. 엄마의 계란찜을 먹고 나서야 오랜 타향살이의 여독이 풀렸다. 배 속 아이에게도 조금 덜 미안하게 됐다.

그렇다. 내가 원했던 맛은 새롭고 독특한 맛의 신세계가 아닌, 너무나 정겹고 친숙한, 이미 잘 아는 맛이었던 것이다. 요리를 할 줄은 몰라도 찾아가야 할 맛, 즉 맛의 주소를 알고 있으니 다행이었다. 물어물어 찾고 찾으면 그 맛에 도달할 테지. 아직 희망은 있었다. 집 밖 미식 세계에서 오랜 방황을 마치고 손수 요리를 시작한 것은 딱 그 시점부터였다. 말하자면, 집밥으로의 회귀다.

망개떡 아저씨

두 아이가 한창 어릴 때 머물렀던 동네, 대학동에서의 일이다. 대학동은 뜨내기들의 동네다. 고시에 몰두하거나, 취업 전선에 서 있다거나, 어떤 이유로든 잠시 머물다 가는 인생의 정거장 같은 곳. 그 어디보다 삶에 허기진 이들이 많다.

"망개-떠억, 망개-떠억."

밤 11시나 되었을까? 살짝 허기가 돌며 야식이 생각나는 시간이면 밤공기를 선명하게 가르며 우렁차게 울려 퍼지는 '소리'가 있다. 소신과 배짱에서 우러나는 단단한 소리다. 하루 공부를 마치고 잠을 청하려던 청춘들이 '소리'의 갑작스러운 침범에 번쩍 눈을 뜬다.

공부의 열기를 채 삭이지 못해 차마 자리를 뜨지 못한 이들도 이 대범한 '소리'의 정체가 무엇인가 한다. 어떤 이는 의아하기만 하다. 마우스 클릭 몇 번만으로 원하는 음식을 손에 넣을 수 있는 시대에 직접 나와 떡 좀 사 가라고 외쳐대는 소리라니. 자신의 귀가 잘못된 건 아닌지, 꿈인가 생시인가 한다.

"망개-떠억, 망개-떠억."

확성기나 마이크가 아니다. 녹음된 음성을 스피커로 재생한 소리도 아니다. 놀랍게도 생목청이다. 가게도, 이렇다 할 가판도 하나 없이 오직 건강한 목청 하나로 떡 하나 잡숴 보시라고 그렇게도 절절하게 외쳐대는 것이다. 한때 동네 사람들 사이에선 '망개떡 아저씨 성악설'이 떠돌았다. '본성이 나쁜 아저씨'라는 뜻이 아니다. '젊어서 성악을 한 사람'이란 뜻이다. 그래서 성량이 그렇게 좋은 거란다. 어찌 됐건 망개떡 아저씨의 생목이란 날것의 소리인 동시에 '생계형 목청'이다.

한동안 대학동 밤거리의 충격적인 '소리'의 정체, 망개떡 아저씨에 대한 주민들의 의견이 심하게 갈렸다. 먼저, 받아들일 수 없다는 입장이 있었다. 밤늦은 시간에 너무 심한 것 아니냐고, 온 동네 잠 다 깨우고 다닐 작정이냐고 역정을 낸다. 민원을 넣겠다는, 아니 실제로 넣었다는 사람도 있다. 그러나 민원을 넣어 봤자 공무원이 단속을 안 나올 시간이라 무용하다고들 했다. 어떤 이의 증언에 따르면 아저씨가 떡을 건네시며, "민원이 들어간 탓에 횟수를 줄여 나오게 됐다"라고 하시며 겸연쩍어 하시더란다.

반대편에서는 민원을 넣었다는 소리에 발끈하는 이도 있었다. 어떻게 그럴 수 있느냐고, 망개떡 사라는 아저씨의 외침에서 옛 정취가 느껴지니 좋지 않느냐는 것이다. 어떤 이는 아저씨의 떡 파는 소리를 들으면 무척 열심히 사시는 분인 것 같아 정신을 바짝 차리게 된다고, 더 열심히 공부해야겠다는 다짐을 두게 된단다.

누군가는 추억에 팔려 떡을 사고, 어떤 이는 허기를 달래려 문을 박차고 나온다. 더러 특별한 이유도 있다. 떡보다도 떡을 파는 아저씨가 궁금해서다. 순전히 '실물 영접'을 위해서다. 그러나 떡 사라는 외침이 들리자마자 밖으로 나와도 금세 그 '소리'를 놓치기 십상이라고. 우스갯소리로 '떡 통에 GPS를 달아야 하는 거 아니냐'고 하기도 한다. 이쯤 되면 망개떡 아저씨는 '노이즈 마케팅'으로 성공했다고 봐도 되지 않을까.

새벽 예배를 알리는 교회 종소리조차 소거된 시대다. 퍽퍽하고 고단한 인생들이 많다. 망개떡 아저씨의 생목 외침은 과연 언제까지 살아남을 수 있을까? 개인적인 바람으로는 아저씨의 '망개-떠억' 소리가 오래도록 동네 골목골목마다 쩌렁하게 울려 퍼졌으면 좋겠다. 찬바람과 세파에 주눅 든 청년들의 움츠러든 어깨가 무례하고도 당찬 소리에 잠시나마 활짝 펴지도록.

고된 육아와 앞날에 대한 막막함으로 잠을 뒤채던 밤, 아저씨의 '망개-떠억' 소리를 들었다. 정신이 번쩍 들면서 바짝 기운이 났다.

문득 망개떡 아저씨의 안부가 궁금해진다. 지금도 대학동에는 망개떡 아저씨의 생목 외침이 이따금씩 우렁차게 울려 퍼지고 있을까? 조만간 대학동에 들러 망개떡을 사 먹어야지. 용기를 내 보려 한다.

아기의 속사정

10개월 된 딸아이가 갑자기 젖을 거부했다. 누구보다 힘차게 젖을 빨던 아이였다. 아이는 서너 시간 간격으로 꼬박꼬박 젖을 찾았었고, 한 번에 양쪽 젖을 다 비워 낼 정도로 먹는 양이 상당했다. 그러던 아이가 젖꼭지를 입에 갖다 대면 고개를 홱 돌려 젖혔다. 마치 '엄마 젖이 꼴도 보기 싫어요'라고 말하듯 강렬한 몸짓이었다. 아이가 딱히 아픈 곳은 없어 보였다. 감기에 걸린 것도 아니고 열도 없었다. 코가 막히거나 목이 심하게 부은 경우라면 젖을 잘 못 빨기도 하는데 아이는 말짱했다.

'무척 배가 고플 텐데 왜 그럴까. 에이, 한두 번 이러다 말겠지.'

자꾸 불어나는 가슴을 문질러 가며 다음 수유 시간을 기다렸다. 때가 차서 아이를 다시 품에 안았다. 그런데 웬일인가. 아이는 이전보다 더 심하게 요동치며 품을 빠져나가려는 게 아닌가. 슬슬 걱정이 되기 시작했다. 엄마인 내가 알아차리지 못한 무슨 큰 병에라도 걸린 걸까? 나는 점점 심각해졌다. 젖은 불을 대로 불어 단단한 바윗덩이가 돼 가고 있었다. 아이가 젖을 거부한 지 4일째 되던 날, 결국 소아과를 찾았다.

"선생님, 애가 젖을 안 물어요. 잘 먹던 애가 스스로 젖을 끊으려나 봐요. 이유를 모르겠어요."

선생님은 아이의 목구멍, 콧속, 귓구멍을 살펴보고 청진기 진찰을 마치더니 나를 빤히 바라보았다.

"이 엄마가 가장 어려운 문제를 갖고 오셨네. 세상에 아이가 스스로 단유하는 법이 어딨어요. 특별히 어디 아픈 곳은 없어 보이는데…. 나도 모르겠네요."

답답함이 극에 달했다. 아이가 젖을 끊으면 이유식이라도 늘려야 할 텐데, 그마저도 시원찮게 먹으니 더욱 걱정이었다.

집에 돌아오니 아이가 혼자서 조용히 놀기 시작했다. 장난감 서랍장을 잡고 선 아이의 얼굴이 별안간 빨개졌다. 몸 어딘가에 힘을 단단히 주는 모양이었다. 아이는 곧 무슨 대단한 일이라도 벌일 듯 심각한 표정이었다. '끙차, 끙차' 하고 힘쓰기를 몇 번, 마침내 얼굴이 환해지면서 본래의 안색이 되었다. 아이는 대번에 편안해졌다.

아이가 변을 본 걸 알아차리고 기저귀를 열었다. 세상에나! 영락없는 토끼 똥 예닐곱 알이 들어 있었다. 아이는 변비를 앓고 있었던 것이다. 그간 제대로 변을 누지 못해 속이 불편해서였든지, 배가 안 고파서였든지, 아무튼 그 무엇도 먹을 마음이 없었던 것 같다. 어렵기만 했던 수수께끼가 단박에 풀렸다. "허허, 참!" 실소가 터져 나왔다.

문제는 이유식에 있었다. 아이는 급하게 만든 이유식을 먹고 탈이 났던 모양이다. 당시 나는 쫓기듯 이유식을 만들 때가 많았다. 개월 수 차이가 얼마 안 나는 영유아 둘을 혼자서 돌보자니 여력이 없었다는 게 핑계라면 핑계였다. 충분한 여유를 가지고 불 앞에 섰어야 했다. 중간중간 소량의 찬물을 끼얹어 가며 묽기 조절을 하고 쌀알이 충분히 퍼지게끔 뜸을 들였어야 했다. 덜 된 죽을 받아먹은 아이가 탈이 난 건 어찌 보면 당연한 일이었다.

아이에게 무척 미안한 마음이 들었다. 충분히 자라지 않은 위장이 된 밥알을 소화시키느라 그간 얼마나 힘이 들었을까. 그런 줄도 모르고 엄마라는 사람은 무작정 젖을 물리고 이유식을 한 숟갈이라도 더 먹여 보겠다고 용을 썼으니…. 새삼 아이의 영특함을 보게 됐다. 이전 음식이 소화가 덜 된 상태로는 그 이상의 음식물이 몸에 부담이 될 줄 알고 단호히 거부할 줄 아는 아이의 생래적 조절 능력에 감탄하고 말았다.

아이는 그 후로도 몇 번 더 힘겹게 된똥을 누었다. 그러고 나서는 예전처럼 태연하게 젖을 찾았다. 아이는 그 어느 때보다 힘차고 시원스럽게 젖을 빨았다. 젖을 빠는 아이가 엄마의 눈을 똑바로 응시하고 있었다. 맑은 두 눈이 말하고 있었다. '엄마, 거 봐요. 때 되면 내가 다 알아서 먹잖아요.'

막혔던 유선이 뻥 뚫리면서 차 있던 젖이 쭉쭉 빠져나갔다. 가슴이 가벼워지면서 얼마나 시원한 느낌이 들던지! 품의 아이가 그렇게 고마울 때가 없었다. 아이도 살고, 나도 살고. 새삼 우리는 대단한 유대로 연결된 세상에 둘도 없는 사이였다.

배고픈 아이는 악을 써 가며 젖을 찾는다. 반대로 배가 부르면 단호히 거절할 줄을 안다. 사람은 굳이 배우지 않아도 스스로 먹는 양을 조절할 줄 아는 존재다. 고작 10개월 된 아이가 자기만의 속사정으로 젖을 거부한 일을 통해 새삼 깨닫게 된 사실이다.

이 일 이후로 아이의 의사 표현을 더욱 존중하게 되었다. 아이는 제 몸이 원하는 음식을 꼭 필요한 만큼만 받아들인다는 걸 알게 되었으니까. 먹는 일뿐 아니라 여타 모든 일에서도 자신에게 꼭 맞는 결정을 내리며 제 앞가림을 할 줄 아는 아이로 자라나기를 한없이 응원하게 되었다.

아이가 젖을 거부했던 일은 더 나아가 스스로를 돌아보는 계기가 되었다.

'나는 속사정에 얼마나 충실한 사람이었던가?'

'나는 배고플 때 기쁘게 음식을 대하고, 배가 차면 눈앞의 음식을 시원스럽게 물릴 줄 아는 사람이었나?'

부끄럽게도 나의 대답은 '아니오'였다. 첫째 아이를 출산한 이후로 속사정을 무시한 채 살아왔다 해도 과언이 아니다. 육아를 감당하기만도 벅찬 하루였다. 되는 대로, 닥치는 대로 먹을 때가 많았다. 대충 끼니를 때우고 나서는 질 낮은 간식으로 배를 채우기 일쑤였다. 어느새 내게 음식이란 육아에 지친 몸을 위로하는 보상물로 전락해 있었다. 내 몸이 무엇을 달라고 외치는지, 언제

음식을 취하고 물려야 하는지는 크게 중요치 않게 되었던 것이다. 한마디로 속사정은 뒷전이었다.

나도 나의 속사정에 솔직해지고 싶은 바람이 생겼다. 작지만 다부진 내 아이처럼 말이다.

배고픈 아이는 악을 써 가며 젖을 찾는다.
반대로 배가 부르면 단호히 거절할 줄을 안다.
사람은 굳이 배우지 않아도 스스로 먹는 양을
조절할 줄 아는 존재다.

공복을 회복하다

부끄러운 고백이지만 한동안 공복 없는 삶을 살았다. 온종일 육아로 힘겨운 씨름을 끝내고 나면 어김없이 몸과 마음에 허기가 몰려들었다. 그것을 달래려 달콤함을 탐하기 시작했다. 시도 때도 없이 주전부리를 찾았다. 아이들에게는 잠자리에 들기 전 두 시간은 속을 비우도록 했지만, 정작 나는 은밀히 야식을 계획하며 아이들이 잠들기만을 기다렸다. 누구보다 올바른 식습관을 길러 주려 애를 쓰는 엄마의 부끄러운 뒤태였다.

배가 고프지 않으니 더 이상 요리가 즐겁지 않았다. 공복 없는 삶을 정리하자고 마음먹었다. 그러나 과연 음식에 대한 집착에서 단박에 벗어날 수 있을까? 미각을 충족시키던 것들의 속박에서 벗어나 온전한 자유를 누리는 게 가능하기나 한 걸까? 예상대로 해묵은 식습관을 바로잡기란 쉽지 않았다. 일정 시간 공복을 유지한다는 건 단순히 배 속을 비우는 차원을 넘어 음식에 대한 정신적 욕구를 잠재우는 일이었기 때문이다.

허기를 '달랜다'고 하지 않던가. 울거나 칭얼거리는 아이마냥 허기와 식욕도 달램의 대상이 될 수 있다는 걸 알았다. 음식에 대한 필요 이상의 욕구를 살살 '달래기' 시작했다. 뻥튀기는 하나의 묘책이었다. 뻥튀기에는 이름처럼 '뻥(거짓)'이 다분해 쟁반에 소복이 쌓인 모습을 보기만 해도 포만감이 들었다.

그래도 단 게 자꾸 당길 땐 향미 진한 차가 도움이 됐다. 제법 큰 머그에 결명자를 자주 우려냈다. 결명자의 구수하면서도 쌉싸래한 맛이 미련 많은 입맛을 정리해 주었다. 그래도 식욕이 잠재워지지 않는 날엔 요거트에 좋아하는 과일을 양껏 넣어 먹었다. 간식인데 소화가 잘되는 게 어디냐고 스스로를 옹호하면서.

공복이 주는 편안함에 차차 익숙해져 갔다. 조급함 대신 여유가 찾아왔다. 자연스레 공복이 삶 전반에 주는 유익을 누리게 되었다. 공복기를 충분히 보내고 난 몸은 무엇이 필요한지를 스스로 알았다. 시각, 혹은 후각으로 전해지는 음식의 강한 자극조차 힘을 잃었다. TV 라면 광고의 '호로록, 호로록' 하는 '면치기' 소리에도, 옆집 문틈 새로 새어 나오는 삼겹살 구이의 강렬한 향에도 초연해졌다. 그것은 적어도 내 몸이 정말로 요구하는 음식이 아니었기 때문이다.

나의 몸은 특정 음식을 생각나게 하는 것으로 분명한 신호를 보내오곤 했다. 생리일 전후로는 미역국과 뜨끈한 호박죽이 생각났다. 혈의 배출이 많고 소화기가 약해지는 시기에 철분의 결핍을 막고 몸을 따뜻하게 유지하려는 몸의 똑똑한 반응이었다. 입이 즐거워하는 '입맛'보다 몸이 원하는 '몸맛'을 깨닫게 되면서 몸의 소리에 더욱 귀를 기울이게 되었다.

위장을 완전히 비운 채 잠자리에 들 때면 기대감이 차오른다. 눈을 뜨면 가볍고 경쾌한 아침이 기다리고 있을 테다. 배 속 공복을 인증이라도 하듯 때때로 터지는 방귀 소리마저 경쾌하다.

병원밥 타령

첫째 아이가 여섯 살 때 안과 수술을 받느라 대학병원에 입원했다. 큰 수술은 아니었으나 전신 마취를 해야 해서 수술 전날 밤부터 속을 비워야 했다. 수술이 끝나고 나서도 마취가 완전히 풀리기까지 물 한 모금 마실 수 없었다.

장장 24시간의 금식이었다. 이제껏 밥 한 끼 걸러 본 적 없는 아이였다. 아이는 수술로 인한 불편감보다 배고픔을 더 크게 호소했다. 마취가 어느 정도 풀리면서부터는 배고픔도 본격화된 모양이었다. 배가 너무 고프다고, 먹을 것 좀 줄 수 없느냐고 측은한 눈으로 엄마를 바라보았다.

어린것이 안쓰러워 몇 번이고 간호사를 찾아가 예정 시간보다

한 시간만 앞당겨 죽을 먹이면 안 되느냐 물었다. 그러나 병원의 방침은 칼같아서 그저 기다리라고만 했다. 아이를 휠체어에 앉혀 병원을 배회하며 시간을 보내는 수밖에 없었다.

처절한 기다림이 끝나고, 드디어 꿈같은 시간이 왔다. 숟가락을 쥔 아이의 손이 부르르 떨렸다. 죽을 뜬 숟가락이 입에 들어가는 동시에 뜨거운 눈물이 두 눈에 고였다. 얼마 안 가 크다마한 눈물방울이 뚝뚝 떨어졌다. 죽 한술, 또 한술에 아이는 울음을 참았다 터뜨렸다 했다.

아이는 제 눈물로 간이 된 짭조름한 죽을 말없이 삼켜 나갔다. 그렇게 죽 한 그릇을 말끔히 비워 냈다. 아이의 식사 모습은 경건했다. 엄마, 아빠, 할머니는 숙연해져서 그 모습을 잠자코 지켜보고 있었다. 그때 별안간 아이 할머니가 소매로 눈물을 훅 훔치시는 게 아닌가. 아무리 아이의 모습이 안쓰럽다 쳐도 친정엄마까지 눈물 바람인 걸 보자니 웃음이 났다.

"애는 배가 고파 그렇다 치고, 엄마까지 왜 울어요."

"사람이 배고픈 게 저렇게 힘든 거야. 배가 고파 봐야 안다니깐. 밥이 저렇게 좋은 것을."

'배고파 본 적 있는' 60대 할머니와 6살 꼬마 사이에 성스러운

'배고픔의 비밀'이 은밀하게 교감되고 있었다.

병원에 머무는 동안 아이는 병원밥을 몇 끼니 더 먹었다. 아이는 밥이고 반찬이고 조금도 남기지 않았다. 누가 병원밥이 맛이 없다 했던가. 밥상을 꿰차고 앉아 무슨 음식이든 달게 받는 아이를 보면서 얼토당토않은 소리라고 생각했다.

아이에게서 어릴 적 내 모습을 보았다. 딱 지금의 아이만 했을 때다. 집 앞마당에 심긴 감나무, 그 아래 떨어진 홍시 하나를 주워 베어 물던 어느 가을날의 농익은 달콤함. 참새가 방앗간 들르듯 문방구에 들러 50원짜리 얼린 쿨피스를 빨던 무더위 하굣길의 청량감. 해가 다 빠지도록 놀고 있노라면 '들어와 밥 먹어' 하고 쩌렁하게 골목을 울리던 엄마의 반가운 목소리. 밥때가 되면 배는 어김없이 푹 꺼져 있었다. 밥상 앞에 웅크려 앉으며, '오늘은 무슨 밥일까' 궁금해했다. 무엇이 됐든 밥은 꿀맛 이상이었다. 시장기를 반찬 삼아 밥그릇을 깨끗이 비우고 나면 다른 먹을거리가 생각나지 않았다. 그저 배부르게 잘 먹었다는 생각뿐, 더는 미련이 없었다.

그랬던 내가 어느새 허기를 잊은 어른이 되어 버렸는가. 나는 아이가 잠시도 허기를 느낄 새 없이 그 입에 먹을 것을 물리기 바쁜 엄마였다. 작고 마른 아이라 더 잘 해 먹여야 한다는 의무감과 조급함에 사로잡혀 있었다. 그런 내가 아이에게 미처 주지 못한 게 있었음을, 죽 한 그릇 앞에서 아이가 흘리는 눈물을 보고서야 깨달았다. 그것은 다름 아닌 '공복'이었다. '배고픔을 모르는 세대'라고들 한다. 부인할 수가 없다. 어쩌면 내 아이는 부모의 과잉보호 속에서 '배고픔을 알 기회'마저 원천적으로 차단된 채 자라 왔는지 모른다. 열 살이 된 아이는 병원밥을 지금도 잊지 못한다.

"엄마, 병원밥이 먹고 싶어."

아이는 배가 심히 고플 때면 종종 병원밥 타령을 한다. 심지어 무슨 반찬과 국이 나왔었는지 조목조목 이야기하며 그 맛을 추억한다. 병원밥, 그 특별한 맛의 비결은 단연 아이가 경험한 철저한 '공복'이리라.

이제 와 아이에게 그 맛 좋다는 병원밥을 똑같이 지어 줄 순 없지만 적어도 '공복'을 아는 아이로 키우고 싶다. 아이가 몸속 허기를 느끼도록 충분히 기다려 주고, 엄마가 주도하기보다는 아이가 원할 때 음식을 내어 주리. 물에 만 밥에 변변찮은 찬, 간장만 넣고 슥슥 비빈 밥마저도 별미로 아는 아이, 밥 한 공기와 김치 한 보시기 앞에 감사할 줄 아는 아이. 부디 그렇게만 자라 주기를. 아이의 어린 시절 기억 창고가 허기짐 끝에 마주한 참맛의 추억들로 다보록하게 채워지기를.

호박죽이 낳은 이야기들

호박죽, 추억 하나

자고 일어나니 몸과 머리가 텅 비어 버린 느낌이었다. 내가 누구인지, 여기가 대체 어디인지 잠시 감을 잃었다. 돌 된 아이를 낮잠 재우다 함께 잠에 곯아떨어졌던 것 같다. 아이가 자는 틈에 끼니를 준비했어야 했다. 밥때가 지난 아이가 이미 깨어 울고 있었다.

배가 고픈 건 아이뿐만이 아니었다. 깊은 잠으로 그나마 남은 에너지마저 써 버렸는지 심한 허기가 몰려왔다. 이제 막 깨어나기 시작한 몸속 세포가 먹을 것을 달라고 아우성을 치고 있었다. 이 대책 없는 상황을 어이할꼬. 발만 동동 굴러댔다.

그때였다. 누군가 현관문을 똑똑 두드렸다.

"누구세요?"

"애기 엄마, 문 좀 열어 봐요. 호박죽 한 그릇 가져왔어요. 간이 맞을지는 모르겠는데, 뜨실 때 애랑 같이 들어요."

주인집 아주머니께서 커다란 스테인리스 우동기에 호박죽 한 그릇을 불쑥 내미시는 게 아닌가.

"이 귀한 것을요…."

"늙은 호박이 워낙 커서 한번 끓였다 하면 들통이에요. 실컷 먹고도 우리 집에 세 들어 사는 사람들한테도 돌아갈 양이 되네."

아주머니는 후덕한 웃음을 지어 보이셨다. 아주머니 손에 들린 호박죽은 하늘에서 떨어진 만나● 나 다름없었다. 두 손으로 받아 든 그릇은 무척 따뜻했다. 그 온기를 아직도 잊을 수가 없다.

● 이스라엘 민족이 이집트에서 탈출하여 가나안 땅으로 가던 도중, 광야에서 먹을 음식과 마실 물이 없어 고생할 때 신이 하늘에서 날마다 내려 줬다는 기적의 음식.

호박죽, 추억 둘

어릴 적 할머니께서 끓여 주신 호박죽은 부드럽지도 차지지도 않았다. 그러나 적당히 여물고 쫀득한 알갱이가 씹히는 재미가 좋았다. 찹쌀이 귀하던 시절, 찹쌀가루 대신 밀가루를 풀어 쑨 호박죽이었다.

후룩후룩 쉽게 넘어가는 죽이 아니었다. 크고 작은 밀가루 심을 씹는 재미에 지루할 틈이 없었다. 여문 알갱이를 씹으며 그날의 이야기도 함께 씹었다. 이런 이야기, 저런 이야기, 식구들 사이에서 푸근한 대화가 한없이 이어졌다. 죽을 삼키는 동시에 소화가 되는 느낌이었다. 한 그릇 호박죽을 깨끗이 비워 내고도 아쉬운 마음이 들면 맘 편히 한 그릇을 더 청했다. 그러고도 부담이 가지 않는 속 편한 음식이었다. 나름 별스럽고 소중한 맛의 추억거리다.

한 번씩 할머니의 호박죽이 그리울 때면 일부러 밀가루를 풀어 죽을 쑨다. 분무기로 물을 뿌려 가며 손가락으로 밀가루를 설렁설렁 버무린다. 포슬포슬한 하얀 가루가 마침내 몽글몽글 둥글어지도록. 다 끓어 뭉개진 호박에 그렇게 매만진 반죽을 들어뜨리고 휘 저어 준다. 밀가루 심이 충분히 익도록 잔불로 뭉근히 끓이고 얼마간 뜸을 들인다.

어린 시절의 밥상을 추억해 보면 고기를 씹었던 기억은 드물다. 다만 거칠고 투박했던 호박죽, 그 안에 숨은 밀가루 심을 만족스럽게 씹던 감각만이 혀끝에 생생하다. 푹 끓여져 나온 호박죽 앞에 앉을 때면, 잠시 어린 시절의 나로 돌아가 행복감에 젖곤 한다. 그리고는 생각하는 것이다. '밥상 위 행복과 웃음은 결코 기름진 음식에 있지 않아'라고.

호박죽, 추억 셋

달라진 일상으로 가족이 밥상에서 얼굴을 마주할 기회가 늘어 간다. 정성을 다해 차린 한 그릇 밥상이 더욱 고맙고 소중한 날들이다. 문득 호박죽이 떠올랐다. 삶의 위로가 필요한 시점이라는 뜻이겠지.

놀이 삼아 아이들과 함께 늙은 호박을 다듬었다. 믹서에 곱게 갈아 둔 찹쌀과 미리 삶아 둔 팥을 넣어 매끈한 호박죽을 끓였다. 겨울철 창가로 스미는 한 줌 햇살에 네 식구가 옹기종기 모여 앉아 하루의 첫 끼를 나눈다. 온몸으로 구석구석 퍼지는 호박죽의 온기에 하루치 힘을 얻는다.

냄비 바닥에 호박죽이 눌어붙었다. 조리의 정도를 조금 넘어선 죽이 의외의 맛을 선사한다. 지금 우리 네 식구의 관계가 이와 같지 않은가. 이전보다 더욱 밀착되어 서로가 서로를 붙들어 주는 상태. 다행히 우리는 아주 타 버리지 않고 도리어 더욱 구수하고 차지게 되어, 깊은 맛을 내는 중이다.

나무 주걱으로 눌어붙은 냄비 바닥을 닥닥 긁어낸다. 평소 누룽지 사랑이 각별한 식구들이다. 누룽지는 어느 한 사람의 차지가 되지 않고 두서너 숟가락씩 모두에게 사이좋게 돌아간다. 우리 사이는 더욱 공고해진다. 여기, 호박죽이 낳은 이야기 하나 더 추가요.

지금 우리 네 식구의 관계가

이와 같지 않은가.

이전보다 더욱 밀착되어

서로가 서로를 붙들어 주는 상태.

다행히 우리는 아주 타 버리지 않고

도리어 더욱 구수하고 차지게 되어,

깊은 맛을 내는 중이다.

구뜰한 시래기가 좋다

'달다', '짜다', 혹은 '시다', '쓰다'의 미각만으로는 표현할 수 없는 맛의 세계가 있다. 내게는 시래기 요리가 그렇다. 알맞게 삶은 시래기를 쌀 위에 올려 지은 시래기밥, 들깨가루를 듬뿍 풀어 끓인 시래깃국, 멸치 육수에 된장을 풀어 졸여 낸 시래기 조림. 이와 같은 시래기 음식 본연의 맛을 무엇으로 표현할 수 있을까?

시래기에서는 구뜰한 맛이 난다. '구뜰하다'라는 말은 '변변하지 않은 음식의 맛이 제법 구수하여 먹을 만하다'는 뜻이다. 변변찮은 시래기지만 씹을수록 참맛이 난다. 배 속 허기와 더불어 마음의 헛헛함까지 채워 주는 속 깊은 자연의 맛이다. '단짠(단맛과 짠맛)'이 유세하는 시대라지만, 구뜰한 시래기 맛을 몰라 하는 소리다. 몸에 한기가 들거나 해독이 필요할 때 시래깃국을 잡숴 보시라. 이만한 보양식이 또 있을까?

밖에서 실컷 놀고 집에 들어온 아들이 땀에 흠씬 젖어 있었다.

"엄마, 나 지금 엄청 배고픈데. 바로 밥 좀 줘요"라고 말하며 품에 와락 안기는 아이, 몸이 후끈 달아올라 있다. 어느새 훌쩍 자란 아들 머리가 딱 내 가슴께 와 있다. 아이 정수리에서 시래기 냄새가 났다. 머릿속 송골송골 맺힌 땀방울에서 건강한 몸 내음이 났다.

아이가 집에 들어오면 곧장 목욕탕으로 욱여넣을 참이었다. 그러나 아이 땀내를 맡는 순간 퍼뜩 깨달았다. 이 아이에게 우선 필요한 것은 시원한 물 샤워가 아닌 따끈한 밥상이라는 사실을. 마음껏 뛰놀며 정직한 땀을 흘리고 돌아온 아이, 갓 지어 낸 따뜻한 밥상을 받을 자격이 충분치 않은가.

놀 때는 배고픈 줄을 전혀 모르겠더란다. 집안에 들어서자 갈증과 허기가 동시에 달겨들었던 모양이다. 아이가 시래깃국에 밥을 만다. 그러고서는 뒤늦게 느낀 허기를 채우느라 또 한바탕 큰 싸움을 치른다. 고된 막일을 막 끝낸 일꾼처럼 녀석은 그렇게 밥술을 뜬다. 밥 한술 한술이 아이에게는 사치도 여유도 아닌 생존 그 자체다.

"엄마, 이 국 너무 맛있다"라고 말하며 자꾸만 국에 밥을 마는 아이를 가만히 바라본다. 비 온 뒤 갠 하늘처럼 말간 얼굴이다. 허기로 조바심을 치던 아이가 어느새 순하고 차분해져 있다. 애정과 연민이 동시에 느껴진다. 이처럼 소박한 밥상 앞에서 아이는 엄마에게 세상 가장 큰 기쁨을 안겨 준다.

가을이면 친정집 앞마당 처마에는 짚으로 엮은 우거지가 매달려 있을 것이다. 바람 잘 통하는 그늘에서 우거지는 시나브로 시래기가 되어 가겠지. 가을 찬바람이 전해 주는 세상사 울고 웃는 이야기를 사방으로부터 전해 들으며. 정수리에서 구뜰한 시래기 냄새가 나는 아이. 그의 하루에도 많은 사연이 담겨 있겠지. 특별하진 않지만 제법 들어줄 만한, 그렇고 그런 정답고 소담한 이야기들이.

집밥 좋다는 건 이제 누구나 다 압니다.

그릇된 식문화, 환경 오염, 팬데믹의 장기화에

정신적 피로까지 더해지면서 건강에 대한 관심이 커진 탓일 겁니다.

문득 집밥의 정체가 궁금해졌습니다.

이와 같이 고단한 시기를 살아가는 우리에게 집밥은 과연 무슨 의미일까 하고요.

단순히 집이라는 공간을 빌어 시판 제품이나 반조리 식품을 사다

밥상을 꾸리는 게 참다운 집밥은 아닐 테지요.

이참에 그 본질을 파헤쳐 보기로 했습니다.

집밥, 그 안에는 집 밖 음식이 감히 흉내 낼 수 없는

어떤 순수함과 고결함이 있을 거라는 믿음으로요.

2 장

집밥을 말하다

대파 플렉스

약방에 감초가 있다면 주방에는 대파가 있다. 대파는 대표적인 양념 채소로 요리책에서 말하는 '갖은 양념'의 주인공이다. 국, 찌개의 말미를 장식하거나 음식 위에 고명으로 뿌려지기도 한다. 심지어 라면 건더기 스프에도 대파가 들어간다. 이처럼 쓰임이 많은 식재료인지라 항시 구비해 둬야 하지만, 어지간해선 손질된 대파를 사지 않는다. 손질이 다 된 대파는 다듬는 과정에서 생기는 파 뿌리와 겉잎을 얻을 수 없기 때문이다.

대파 한 단 손질을 시작했다. 대파를 베란다에 두고 먹어도 좋을 서늘한 날씨지만 하나둘 시들어 가는 이파리에 마음이 쓰인 탓이다. 겉잎과 이파리 끝 누런 부분을 떼어 내고 가볍게 대파를 세척한다. 이때 물줄기를 흰 대에서 푸른 대 방향으로 흐르게 해 잘린 부분 빈틈으로 물이 들어가지 않게 한다. 손질한 대파는 체로 받쳐 물기를 뺀다.

저장 용기 크기에 맞춰 대파를 자른다. 용기 밑바닥에 키친타월을 깔고 대파를 얹은 다음 맨 위를 타월로 한 번 더 덮는다. 대략 2주 안에 소진할 수 있는 양만 냉장에 들인다. 습기가 차는 대로 키친타월을 갈아 주면 대파가 쉽게 무르지 않는다. 나머지는 어슷썰어 냉동 보관한다.

상태가 썩 괜찮은 겉잎은 따로 모아 세척한다. 당장 맛국물 우리는 데 사용할 분량만 남기고 나머지는 냉동실에 들인다. 언제든 맛국물에 활용할 수 있는 든든한 상비군이다.

대파 손질, 여기서 끝난 게 아니다. 개수대 한편에서는 흙이 덕지덕지 묻어 심란해 뵈는 대파 뿌리가 찬물에서 때를 불리고 있다. 꼴을 보자니 세척하는 게 만만찮겠다. 일단 숨을 한번 크게 고른다. 이걸 꼼꼼히 씻어 뽀얗게 만들자면 내 머리도 하얗게 세어버릴 것만 같다.

대파 뿌리는 결을 따라 주방솔로 문질러 씻는다. 개운하게 몸을 씻은 파 뿌리가 창가 햇살에 얌전히 몸을 말린다. 파 향이 집안으로 스민다. 코끝을 자극하는 알싸한 향이 꼭 견딜 만한 초겨울 추위 같다. 겨울이면 본격적인 추위를 앞두고 먹이를 모으는 숲 속

동물과 같이 나도 식구들을 먹여 살릴 채비를 한다. 그래서인지 이 계절엔 살림살이가 더욱 실감 난다.

대파 다듬는 날은 우리 집 맛국물 내는 날이다. 멸치, 다시마, 황태 머리를 기본으로 하고 따로 모아 둔 대파 겉잎과 뿌리, 양파 껍질, 자투리 채소 등을 넣어 국물을 우린다. 냄비가 달궈지고 기포가 차오르기 시작하면 가슴이 두근거린다. 타이밍을 놓쳐선 안 될 일, 거품이 위로 떠오르자마자 말끔히 걷어 내야 한다. 이게 다 뭐라고 이토록 긴장이 되며, 가슴 뻐근하게 뿌듯하냐는 말이다. 자투리 파를 넣어 우린 국물은 감칠맛이 더하다. 덤으로 얻은 맛국물이다. 양껏 우려낸 육수는 당분간 모든 국물 요리에 요긴하게 쓰일 것이다.

대파 한 단 손질을 마치고 나면 비로소 근거 있는 자신감이 생긴다. 이제부터는 본격적으로 '파 많이 요리'의 향연이다. '파 많이 곰국', '파 많이 계란말이', '파 많이 볶음밥', '파 많이 떡볶이', '파 많이 청국장' 같은 것들. 파가 제법 빛나는 조연 노릇을 한다.

그러나 알고 보면 완벽한 주연이다. 대파만 구워 먹어도 충분히 맛있다. 대파 줄기 부분을 먹기 좋은 크기로 자르고 길게 반으로 가른다. 대파에 열을 가해 안쪽까지 충분히 익히면 끈끈한 진액이 빠져나와 한결 부드러워진다. 매운 향이 날아가면서 달큼함이 더해진다.

대파는 대체불가 채소다. 상추 값이 비싸지면 깻잎에 쌈을 싸고 고추를 대신해 피망을 쓰기도 하지만, 대파의 향긋함을 그 무엇이 대신할 수 있을까. 요리에 대파가 안 들어가면 어쩐지 허전한 맛이 난다. 국과 찌개만 하더라도 마지막 조리 단계에서 대파를 넣어줘야 맛이 완성된다. 개운하고 산뜻한 국물 맛을 낼 수 있는 건 유일무이하게 대파뿐이다.

품귀 현상으로 값이 크게 오르면 그때서야 대파의 소중함을 알게 된다. 대파 한 줌 가격이 만 원까지 치솟던 때가 있었다. 많은 주부들이 손 떨리는 가격에 대파를 들었다 놨다 하면서도 결국엔 살 수밖에 없었다고. 화분에 대파를 직접 길러 '파테크'를 하는 이들도 생겨났다. 파의 윗머리를 자르고 잔뿌리를 제거한 채 심어, 푸른 대가 올라오는 족족 잘라 먹는다.

나 역시 대파가 없으면 큰일 나는 줄 알고 절절맨다. 대파 한 단 손질이 녹록지 않은 걸 알면서도 매번 같은 수고를 자청한다. 품을 들인 대가가 제법 쏠쏠해서다. 대파 한 단이 오래도록 식탁을 풍요롭게 한다. 넉넉히 손질해 둔 대파를 곁에 두고서 국이든 찌개든 대파가 들어가는 어떤 음식이라도 마음껏 즐길 수 있는 것. 게다가 덤으로 얻는 맛국물까지! 이것이 진정한 플렉스flex, 대파 플렉스다.

집에서 튀기면 괜찮아

튀김옷을 한 겹 껴입고 뜨겁게 달구어진 기름 바다에 몸을 맡긴 대구가 견딜 수 없다는 듯 몸을 뒤튼다. 바다는 삽시간에 빗소리로 가득 찬다. 튀김 냄비 위로 심한 물보라가 일더니 곧 물거품 같은 기름방울이 사방으로 튄다.

기름의 바다에 잠시 몸을 담갔다 빠져나온 대구는 여간 새롭고 신선한 게 아니다. 어장에서 갓 잡아 올려 힘차게 팔딱이는 어물보다, 막 회를 쳐 저며 낸 여느 생물보다도 더 생생하다.

생선가스로 변신한 대구가 식탁 위에 올랐다. '파사삭' 입안에서 튀김옷 바스러지는 소리가 심히 경쾌하다. 외피가 파괴되는 거침없는 소리에 전신이 짜릿하다. 기대감 탓인가, 대구의 속살에 가닿기 전 오감이 기분 좋게 들뜬다. 마침내 촉촉한 속살에까지 닿으면 맛의 궁극에 도달한 미각이 만족스럽다. 이것이 튀김의 위력이다.

마음이 동하는 날엔 주방에서 한바탕 일을 벌인다. 이렇다 할 튀김기도 없고 부산한 요리를 감당할 만큼 주방 공간이 넉넉지도 않지만, 일단 일을 저지르고 본다. 에어프라이어가 필수 가전으로 자리 잡아 가는 시대지만 넉넉히 푼 기름에 바싹 튀겨 낸 맛에 비할까.

튀김용 기름으로는 발연점이 높은 해바라기유나 유채유를 쓴다. 값이 싸다고 해서 GMO(유전자 변형) 콩을 원료로 하는 기름은 쓰지 않는다. 새 기름을 가득 넣어 먼저 아이들 먹을 생선가스를 튀겨 낸다. 잠시 불을 끄고 튀김 냄비에 가라앉은 튀김 부스러기를 걸어 낸다. 이어 우리 부부가 먹을 양을 튀긴다.

사용한 기름은 선순환을 고대하며 신중하게 처리한다. 주로 취미로 천연 비누를 만드는 지인에게 건넨다. 그렇게 건넨 기름이 고맙게도 주방용 비누, 세안용 비누가 되어 돌아온 적이 여러 번 있다. 여의치 않을 땐 아파트 기름 수거 용기에 버린다.

갓 튀겨 낸 생선 가스엔 타르타르소스를 곁들인다. 소스는 마요네즈, 레몬즙, 양파, 후추 등을 사용해 손수 만든다. 양파는 특유의 매운맛이 나지 않도록 얼마간 찬물에 담그고 잘게 다진다. 레몬은 반 갈라 스퀴저로 즙을 짠다. 묽게 흐르지 않을 정도로 소스의 농도를 조절한다. 소스의 새콤하고 상큼한 맛이 생선가스의 비리고 느끼한 맛을 잡아 주며 완벽하게 어우러진다. 서로의 풍미를 부추기며 강하게 끌어당기는 맛이다.

한 번씩 기름진 음식이 생각날 때면 식구들과 함께 동네 돈가스집을 찾곤 했었다. 추억의 맛을 고수하는 경양식 돈가스나 일본식 돈가스, 혹은 크기가 A4 사이즈 용지만큼 크다는 왕돈가스까지, 과연 무엇이 정답일까? 우리는 '혹여나', '어쩌면' 하는 기대를 품고 한 집씩 들러 꿈의 돈가스와 만나기를 기다렸다. 그러나 하나같이 기대에 미치지 못하는 맛이었다. 몸과 마음은 꼭 산화된 기름 상태처럼 편치 못했다. 기름이 문제인 것이 분명했다. 집에서와 같이 깨끗하고 질 좋은 기름을 쓰자면 수지가 맞지 않을 테지.

집밥에도 강약이 필요하다. 집밥의 단조로움에 입맛이 물릴 때면 과감히 기름을 달군다. 질 좋고 신선한 기름이라면 어떤 재료를 떨어뜨리든 별미가 될 테니까. 튀긴 음식이 너무 느끼하거나 속이 불편하진 않느냐고? 안심하라, 집에서 튀기면 괜찮다.

봄동을 씹으며

시댁에서 설 명절을 보내고 집을 나서는데 어머니께서 검은 봉지 하나를 손에 들려 주셨다.

"다른 건 짐이 될까 싶고 이거나 한 봉지 가져가거라. 밭에서 막 뽑아 온 건데 이거 무쳐 먹으면 꼬소하고 맛있데이."

"어머, 어머니 이거 봄동이네요? 벌써 이게 올라왔나 봐요."

귀한 것을 본인 안 드시고 자식에게 건네는 어머니의 진심이 느껴졌다. 나는 입이 헤벌쭉 벌어져서는 무슨 보배나 되는 듯 봄동을 가슴에 꼭 품고 집에 돌아왔다. 먼저 익은 과일이 비싼 값에 팔려 나간다 했던가. 다른 채소들보다 앞서 선을 보인 봄 푸성귀가 한 몸에 사랑을 입는 건 당연지사일 것이다.

귀한 채소를 만났을 땐 반찬의 가짓수에 연연치 않고 오직 그것을 알뜰하게 조리해 끝까지 먹는 일에 집중한다. 미루지 않고 봄동 손질을 시작했다. 떡잎과 누런 잎은 걷어 내고 세척의 용이함을 위해 크기가 큰 걸 이파리를 뚝뚝 떼어 냈다. '납작배추'라는 별명을 가진 봄동. 땅바닥에 납작 붙어서 옆으로 퍼져 가며 자라는 터라 잎에 흙먼지가 유독 많다. 큰 볼에 물을 가득 받고 이파리 가닥가닥을 손에 쥔 채 세차게 흔들어 씻는다. 정성스레 세척한 봄동을 체로 받쳐 물기를 뺀다.

아이들을 위해서는 봄동 나물이다. 끓는 물에 살짝 데쳐 가는소금, 깨소금, 참기름으로 조물조물 무쳐 낼 참이다. 뜨거운 물에 몸을 담근 봄동의 초록빛이 개운하다. 막 세안을 마치고 나온 어린아이의 낯빛 같다. 봄 푸성귀의 싱그러운 색감에 거짓말처럼 하루의 피로가 가신다.

겉절이로도 낸다. 고춧가루와 액젓, 식초와 마늘 등 최소한의 양념만으로 무친다. 주인공은 갖은양념이 아닌 봄동 자체이기 때문이다. 연한 잎이 문드러져 본연의 질감을 잃지 않도록 살살 버무린다. 마치 갓난아기 다루듯 조심스럽게 한다.

봄동 나물과 겉절이가 대번에 입맛을 돋운다. 아삭하고 시원하며 달착지근한 맛에 눈이 절로 떠진다. 심지어 하얀 줄기 부분마저 달다. 겨우내 잠자고 있던 온몸의 감각이 머리를 털며 즐겁게 깨어난다.

봄동 이파리는 언뜻 두껍고 투박해 뵈지만 의외로 질기지 않다. 그렇게 부드럽고 아삭할 수가 없다. 양상추처럼 시원스럽게 바스러지는 아삭함이 아니다. 씹을수록 쫄깃하고 탄력적인 질감이다. 씹다 보면 마치 연한 육질의 소고기를 질겅거리고 있는 듯한 행복한 착각에 빠진다. 육즙마냥 고소하고 달큼한 즙이 푸른 잎 사이로 팡팡 터져 나온다. 고기의 질감을 잊지 못하는 채식인이나 이가 성치 못해 씹는 즐거움을 잃어버린 이들에게 권하고 싶은 맛이다.

주방에서 혼자 부산을 떨며 지내느라 시대의 흐름에는 다소 뒤처지지만 계절만큼은 누구보다 부지런히 좇으며 살아간다. 계절의 때를 알고 불쑥 고개를 내미는 땅의 것들을 밥상에 올리는 일이 내겐 여태껏 최우선이다.

달큼하고 아삭한 봄동을 씹노라니 춥고 서러운 겨울을 잘도 견뎌 왔구나 싶다. 가장 먼저 봄을 알려 온다는 푸성귀 봄동. 이제 곧 봄이 오려는가.

달큼하고 아삭한 봄동을 씹노라니

춥고 서러운 겨울을 잘도 견뎌 왔구나 싶다.

가장 먼저 봄을 알려 온다는 푸성귀 봄동.

이제 곧 봄이 오려는가.

5세대 떡볶이

바야흐로 떡볶이 대유행의 시대다. 교문을 나선 중고생 무리가 떡볶이집으로 향하는 풍경은 우리에겐 너무나 익숙한 것이었고, 이제는 '죽더라도 떡볶이는 먹고 싶다'라는 고백이 뭇 대중의 강력한 공감을 사는 것만 봐도 떡볶이 애호가의 저변은 다 말할 수 없을 정도로 확대되었음을 알 수 있다.

떡볶이를 간식의 범주에만 내버려 두기는 아깝다. 양념과 부재료를 어떻게 하느냐에 따라 충분히 영양 면으로도 손색없는 한 끼 식사가 될 수 있기 때문이다. 맛과 영양이 풍부한 데다 조리가 간편하고, 가격까지 저렴하니 현대인에게 이보다 더 반갑고도 고마운 음식이 있을까 싶다.

떡볶이의 역사를 훑은 흥미로운 기사●를 접한 적이 있다. 기사에 따르면 조선 시대에 간장 양념을 베이스로 소고기, 버섯, 갖은 채소를 넣어 요리한 궁중떡볶이가 '1세대 떡볶이'다. '2세대 떡볶이'는 6·25 전쟁 이후 등장했다. 기름을 두른 무쇠 철판에 가래떡을 올리고 간장이나 고춧가루 양념으로 볶은 것이다. 오늘날 통인시장의 기름떡볶이를 상상하면 된다.

고추장과 설탕 따위를 넣고 끓인, 국물이 걸쭉한 분식의 대명사인 '3세대 떡볶이'가 그 뒤를 잇는다. 오늘날에 와서는 프랜차이즈 업계의 주도로 고추장 대신 고춧가루를 써서 보다 깔끔하고 매운맛을 내는 '4세대 떡볶이'가 인기를 누리고 있다. 떡볶이도 기호라면 당신이 선호하는 떡볶이는 몇 세대의 산물인가?

우리 집에는 간장 베이스의 '1세대 떡볶이'와 고추장 베이스의 '3세대 떡볶이'가 공존해 왔다. 매운맛이 어려운 아이들에게는 간장에 마늘, 대파 등을 넣은 양념이나 짜장 가루를 푼 달달한 떡볶이를 만들어 주고, 우리 부부는 고추장에 조청을 푼 맵고도 끈적거리는 떡볶이를 즐겨 먹었다.

● 고추장보단 고춧가루 깔끔하게 매운맛 지금은 '떡볶이 4.0'시대, 조선일보, 2019년 2월 25일

아이들은 시커먼 떡볶이 떡을 야물게 오물거리며 넌지시 묻곤 했다.

"엄마 아빠가 먹는 빨간 떡볶이는 많이 매워?"

남의 떡이 더 맛있어 보였을까. 하긴 누가 봐도 거무튀튀한 떡보다야 밝고 빨간 옷을 입은 떡이 훨씬 탐스러워 보일 테니. 아빠라는 사람은 "어, 많이 매워. 애들은 아직 '짬찌끄레기'가 안 돼서 못 먹어. 더 커서 짬 되면 해 줄게"라며 사전에도 없는 말을 마구 써대며 아이들 기를 팍팍 죽인다. 매울까 봐 입에는 대 보지도 못하고 빨간 떡볶이를 마냥 사모하는 눈길로 바라보는 아이들이 불쌍타. 턱주가리에 시커먼 춘장이나 묻히고서 그윽한 눈으로 이쪽을 바라보는데… 그 눈동자들과 마주쳤다. 순간 애틋한 모성애가 발동했다. '빨간색이면서도 맵지 않은 떡볶이를 만들어야겠다. 어떻게 하면 될까?'

내가 고민을 하고 있노라니 요리깨나 한다는 지인이 고추장 대신 케첩을 써 보라고 귀띔을 주었다. 그러나 케첩 베이스의 떡볶이라면 인스턴트 맛이 날 수밖에 없을 터였다. 그 순간 무릎을 탁 쳤다. 우리집 냉장고에 늘 구비되어 있는 토마토소스가 떠오른 탓이다. 토마토소스라면 고추장 못지않게 짙고도 붉은 빛깔을 낼 수 있지 않을까? 더 나아가 떡볶이를 보다 깊은 맛을 지닌 정성 음식으로 승화시킬 수 있을 것이다.

토마토소스만 있으면 떡볶이 조리는 손쉽다. 넉넉한 양의 토마토소스에 고추장 반 스푼(혹은 반의반 스푼), 사과즙, 조청을 풀고 쌀떡을 넣은 후 국자로 둥글게 저어 가며 가볍게 끓여 주면 된다. 이탈리아산 토마토로 만든 페이스트도 두어 스푼 추가하면 붉고 선명한 색을 내는 데 큰 도움이 된다. 약간의 감칠맛을 원한다면 케첩을 가미하고, 매운 맛을 좋아한다면 고춧가루를 팍팍 치면 된다.

토마토떡볶이는 고추장 베이스의 떡볶이와는 달리 끈적이지 않고 깔끔한 맛이 났다. 상큼하게 터지는 토마토 향미는 이 요리만의 특색이다. 게다가 쌀떡이 쉬이 굳지 않아 얼마간 두고 먹을 수 있다는 장점까지 있다.

"엄마, 이거 맵게 생겼는데 매콤한 맛도 하나도 안 나!"

아이들은 고추나 겨자의 혀가 얼얼하고 화끈거리는 맛은 '맵다'라고 표현하고, 약간만 매운 정도의 맛은 '매콤하다'라고 한다. 아이들 말마따나 '떡볶이가 매콤한 맛도 하나도 안 난다'는 말은 저희들 입에 전혀 맵지 않다는 뜻이다.

자신감이 붙은 아이들은 떡볶이 접시 하나를 가운데 놓고 머리를 맞부딪치며 포크의 난을 벌였다. 쉴 새 없이 놀리는 입 새로 '쩍-쩍-' 하고 쌀떡 갈라지는 소리만이 방정맞게 새어 나온다. 빨간 떡볶이를 먹게 된 아이는 그새 어른이라도 된 기분일까?

토마토소스를 만들어 두길 잘한 일이었다. 평소 기회만 되면 토마토를 손질해 소스를 만들어 두곤 했던 것이다. 여름철이면 토마토를 박스째 사다가 껍질을 벗기고 잼팟(대형 냄비)에 넣어 졸인다. 사계절 마트 알뜰 코너를 지나치지 못하는 사람이기도 하다. 아주 싼 가격에 나온 흠 있는 토마토를 기회 닿는 대로 쓸어 와 소스를 만든다. 소스에 풍미를 더하고 보존성을 좋게 하기 위해 다진 양파, 파슬리, 바질, 월계수 잎 등을 추가한다. 그렇게 완성된 토마토소스가 한 병, 두 병 냉장고 문 공간에 줄을 선다.

이제 우리 가족은 모두가 한 상에 둘러앉아 빨간 떡볶이를 먹는다. 아이들의 입과 턱주가리에는 여전히 떡볶이 양념이 묻어 있다. 다만 이제는 시커먼 춘장이 아닌 빨간 떡볶이 양념이다. 먹는 와중에 굳이 닦아 주려 애쓰지 않는 이유는 그것이 피부에 닿아도 아리거나 화끈거리지 않는다는 것을 잘 알기 때문이다.

앞서 인용한 떡볶이 기사는 다음의 문장으로 마무리된다.

'떡볶이 5.0은 언제 등장할까. 어떤 맛과 모양으로 진화할지 사뭇 기대된다.'

이에 토마토떡볶이를 '5세대 떡볶이'로 제안해 본다. 국민 간식을 넘어 국민 음식의 대표 주자로 우뚝 올라선 떡볶이. 이 위대한 대중 음식에 신분의 고하가 있을쏘냐. 떡볶이를 즐기는 일에 미각이 또렷하고 순수한 아이가 소외되어서는 안 될 일이다. 아이도 빨간 떡볶이가 먹고 싶다. 이것이 내가 적극 제안하는 '5세대 떡볶이', 토마토떡볶이다.

쑥쑥 크라고 쑥인가 봐

쑥과 마늘을 먹어야만 했던 곰과 호랑이의 처지를 생각해 본다. 생마늘과 날것의 쑥은 금수가 인간이 되기 위해 통과해야 할 관문이요, 일종의 시험대였다. 둘 중 하나가 그 역겨움을 참지 못하고 뛰쳐나간 걸 보면 쑥과 마늘을 생으로 먹는다는 건 차라리 고행인지 모른다.

호랑이가 사람 되기를 포기하게 된 결정적 이유는 마늘보다는 쑥이지 않았을까 하는 생각을 해 봤다. 생마늘은 요령을 부리면 그나마 먹을 만하다. 남편을 따라 프라이드치킨 위에 빻은 마늘을 한 꼬집 올려 맛본 적이 있다. 생각보다 맵지 않았다. 썩 괜찮은 맛이기까지 했다. 그 뒤로 치킨을 시킬 때면 생마늘을 두 사람이 먹을

양으로 빻게 되었다.

문제는 쑥이다. 쑥이야말로 쓰고 질긴 나물의 대명사다. 쑥은 달래, 돌나물, 냉이 같은 여타의 봄 푸성귀와 달리 생채로 먹기 힘들다. 즐겁게 씹을 만한 식감이 아닌 데다가 쓴맛이 유독 강해서 섣불리 덤빌 수 없다. 살림 초기엔 쑥을 얕잡아 보고 함부로 국을 끓였다가 실패의 쓴맛을 여러 번 맛보았다. 쓰디쓴 국물이 도저히 목구멍으로 넘어가질 않았다. 쓴맛이 감해질까 싶어 콩가루도 풀어 보고, 요리의 세계에서 '마법의 가루'로 통하는 들깨 가루도 넣어 봤지만 갈수록 이상야릇한 맛이 되어 갈 뿐이었다.

올봄도 어린 쑥으로 쑥국을 끓였다. 친정엄마가 잡풀 새를 뒤져 캐낸 것이라 했다. 아무리 여리고 보드라워도 일단 쓴맛을 다스리고 봐야 한다는 걸 이제는 안다. 쓴맛은 제거하되 쑥의 향미를 살리는 데에 요리의 주안점을 둔다. 애초에 사람으로 난 이상 쑥을 부러 극기의 대상으로 삼을 이유란 없으니까.

쓴맛 제거를 위해 쑥을 빤다. 일 년에 두어 번 끓이는 쑥국이라도 전용 빨래판을 두고 있다. 깨끗이 씻은 쑥을 판에 대고 치댄다. 섬유질이 너무 뭉개지지 않도록 강도를 조절한다. 제 몸을 궁굴리며 이리저리 부대낀 쑥은 풀이 죽으며 색이 검어진다. 쑥의 본래 빛깔보다 더 검은 쑥물이 흥건하게 배어 나온다. 찬물에 가볍게 쑥을 헹구고 적당히 짠다.

맛국물과 쌀뜨물은 미리 준비해 둔다. 김치는 꼭 짜서 아삭한 부분만 쫑쫑 썬다. 먼저 김치를 넣고 푹 끓이다가 손질한 쑥과 함께 된장을 푼다. 쑥국이 뭉근한 불에서 지적지적 끓는다. 향긋한 쑥 내음이 온 집안에 퍼져 나간다.

김치와 된장 양념이 배어든 쑥은 한결 보드랍다. 국물이 향긋하고 맛이 개운하다. 쑥국이 아침상에 오르고 나서야 안도의 숨을 쉰다. 쑥을 씻던 정수 물에 아직 손끝이 시린, 그러나 여느 날과 달리 봄 햇살이 아침 식탁 깊숙이 들어온 날이었다.

왜 하필 쑥이었을까. 쑥은 차라리 봄 푸성귀의 탈을 쓰고 나타난 효험 있는 약이 아닐까. 성정과 습성, 체질과 부정적인 마음을 통째로 바꿔 새 삶을 살게 하는 특효약. 좋은 약은 입에 쓰다 했으니 틀림없는 사실이리라.

몸이 냉한 것이 늘 걱정인 나는 쑥국을 몇 차례 더 끓여 먹을 참이다. 봄나물을 실컷 먹어 놓으면 마음이 푹 놓일 것이다. 아이들도 이 쑥국을 잘 먹고 대범하게 환절기를 맞을 수 있기를. 심신의 에너지가 고스란히 몸의 살과 피로 가 붙기를. 우리 아이 아프지 말고 쑥쑥 크라고, 엄마 아빠 기운이 쑥쑥 돋아나라고, 그래서 쑥인가 보다.

창을 비집고 스미는 봄 햇살은 자꾸만 나가자고 채근하는데 쑥국도 끓이고, 취나물도 무치고, 달래장도 만들어 놔야겠고…. 봄은 이래저래 몸과 마음이 바쁜 계절이다.

다시, 맛국물

몸의 시동이 바로 걸리지 않는 날이 있다. 잠을 제대로 못 잤다든가, 괜스레 몸이 찌뿌드드하다든가. 대기질이 나빠 가스 불을 켜는 것조차 엄두가 나지 않는 날도 있다.

'뭘 어디서부터 시작해야 할까?'

눈앞의 끼니에 대해 계획도 의지도 없는, 말 그대로 막막한 날이었다. 기대감 없이 냉장고 문을 열었는데 눈이 번쩍 뜨였다. 냉장고 문짝 한편에 맛국물 한 병이 의연하게 서 있는 게 아닌가? 잘 우려낸 맛국물 한 병이면 어떤 국이나 찌개든지 다 된 셈이다. 갑자기 손님이 들이닥친대도, 아이들이 실컷 놀다 주린 배를 잡고 들어와도, 남편이 '야밤에 무얼 먹을까' 하고 철없는 고민을 한대도 당황할 이유란 없다. 통상 '육수'라고 하는 맛국물이 있으니까. 이렇게 든든한 요리 지원군이 또 있을까나.

어떤 지인은 '다시팩'의 출시야말로 주방 살림의 혁명이라 말했다. '다시팩'이란 멸치, 다시마, 북어, 말린 표고 등 육수의 기본이 되는 재료들을 작은 사각 티백 안에 담아 완제품으로 판매하는 것이다. 국물 맛을 내기 위해서는 '다시팩'을 물에 넣고 얼마간 끓이다가 건져 내기만 하면 된다. 국물 내는 수고를 대폭 덜어 주면서 요리를 한결 수월케 한다.

'다시팩'에 이처럼 뛰어난 효용이 있지만 맛국물만큼은 손수 우린다. 우선 티백 성분이 우려스럽다. 요리 때마다 쓰레기를 만드는 일도 마음이 쓰인다. 그러나 진짜 이유는 따로 있다. 채소를 직접 손질하는 과정에서 나오는 부산물이 육수의 훌륭한 재료가 되기 때문이다. 이를테면 대파 뿌리와 겉잎, 양파 껍질, 양배추나 배추 심지, 무나 당근의 밑동 같은 것들이다. 요리에 활용하기엔 애매하나 맛국물을 우리는 데 쓰면 뛰어난 영양 성분을 얻을 수 있다.

모아 둔 채소 자투리에 멸치, 다시마, 황태 머리를 더해 국물을 우린다. 냄비가 서서히 달아오르면 여기저기서 뽀얗고 작은 기포가 피어오른다. 수많은 기포들이 영역을 확장하며 몸집을 불린다. 한껏 부풀어 오른 기포가 거품이 된다. 거품이 허연 이빨을 드러내며 웃다가 곧 산산조각 부서지는 순간이 올 것이다. 국물은 거품의 파편을 끌어안고 보란 듯이 바글바글 끓어댈 테지. 불순물로 인해 국물이 탁해지는 건 시간문제일 것이다. 최악의 상황이 오기 전에 수를 써야 한다. '골든타임을 놓치지 않고 거품을 걷어 내야 한다'는 용사의 비장한 마음으로 두근대며 가스 불 앞에 서 있다.

이번엔 멸치 대가리에 관한 이야기다. 질 좋은 멸치는 맑은 은빛이 돈다. 마치 내리쬐는 햇살에 일렁이는 바다의 빛깔 같다. 색이 하얗고 쩐 내가 없는 멸치는 대가리 부분도 육수의 좋은 재료가 된다. 생선에서 칼슘이 가장 많이 함유된 부위는 단연 대가리다. 멸치 대가리라고 그냥 버릴 수 없다.

멸치 대가리를 육수 재료로 사용할 때는 안쪽 아가미를 말끔히 제거한다. 마른 팬에 '타닥타닥' 소리가 나도록 충분히 덖어 수분을 날린다. 단, 푹 끓여서는 안 되고 물이 막 끓어오르려는 찰나에 건져 내야 한다. 그래야 쓴맛이 없다. 짧고 굵게 끓이지만 진국이 된다. 틀림없이 기대 이상의 깔끔한 감칠맛에 반하게 될 것이다.

여유가 좀 있는 날은 멸치 대가리를 믹서에 갈아 천연 조미료를 만든다. 그렇게 만든 멸치 가루를 다양한 요리에 활용한다. 멸치에 함유된 풍부한 칼슘을 가장 쉽고도 알뜰하게 섭취할 수 있는 방법이다.

손가락 하나 까딱하기 힘든 날도 있는 반면, 심신의 에너지가 남아도는 날도 더러 있다. 그런 날엔 푸근한 마음으로 넉넉하게 맛국물을 우려 보면 어떨까. 멸치 대가리도 힘을 보태 줄 것이다. 시동을 걸면 부르릉 떨며 힘차게 출발하는 자동차처럼, 맛국물 한 병이면 국과 찌개는 언제라도 자신 있게 끓여댈 것이다.

삶을 이어 간다는 건 냉장고 속 맛국물이 떨어지지 않게 하는 것이 아닐까. 다 먹으면 다시 국물을 우려내야 하므로 '다시だし'라고 하는지도 모르겠다. 맛국물 베이스가 확실하다면 집밥은 지속 가능하다.

삶을 이어 간다는 건
냉장고 속 맛국물이
떨어지지 않게 하는 것이 아닐까.
다 먹으면 다시 국물을 우려내야 하므로
'다시だし'라고 하는지도 모르겠다.

'콩나물'이라는 용기

'어째서 내가 끓인 콩나물국은 맛이 없을까?'

이것은 한동안 나의 고민거리였다. 요리 고수들은 '아마도 새우젓으로 간을 하지 않아서일 것'이라고 했다. 혹은 '육수를 좀 더 진하게 우려 보라'고도 조언했다. 그러나 반드시 그런 이유만은 아니었던 모양이다. 결국 콩나물이 문제였다. 시중에서 파는 콩나물이란 게 질긴 데다가 고소한 맛이라곤 전혀 없는 영 싱거운 맛뿐이었던 것이다.

집에서 콩나물을 기르기 시작했다. 토분 바닥에 양파 망을 깔아 구멍을 막고 물 빠짐이 좋도록 했다. 그렇게 갈무리한 콩나물시루에 하룻밤 동안 충분히 불린 쥐눈이콩을 채우고 빛이 들지 말라고 검은 천을 씌워 주었다. 이후로는 수시로 물만 주면 될 일이었다.

그런데 나 혼자서 키우는 콩나물이 아니었던 모양이다. 주방 식기 건조대 위에 시루를 올려 두었더니 식구들이 주방을 오가며 이 놈이 한 번, 저 놈이 한 번 그렇게 시나브로 물을 주고 있었다. 아이들은 커피 주전자에 물을 채워 물줄기를 빙빙 돌려 가며 콩나물 물 주기를 놀이 삼았다. 나 또한 설거지를 하다가도 시루 속 존재가 문득 생각나면 '쏴-쏴-' 하고 거침없이 쏟아지는 수전 물줄기를 곧장 들이댔다.

새벽 모호한 시간, 원치 않게 잠이 깰 때도 있다. 딱히 해야 할 일도 없는데 말이다. 다 보낸 하루에 어떤 미련이 남아서일까. 누리지 못한 자유가 애달픈 걸까. 읽다 만 책장을 다시 들추기도, 휴대폰 SNS에 접속하기에도 석연찮은 시간, 그러나 할 수 있는 일이 꼭 하나 있다. 바로 콩나물 물 주기.

저녁 설거지 때 물 준 것을 끝으로 다음날 동틀 때까지 버려두곤 하는 시루였다. 어둠 속에서 자라나는 콩나물이므로 불은 켜지 않고 조리 수를 가만히 튼다. 시루 속에서 잠들어 있던 콩나물이 뜻밖의 때를 만나 해갈을 시작한다. 꿀떡꿀떡, 달게 물 넘어가는 소리가 들린다. 새벽 수유를 하던 시절, 잠에 취한 채로 엄마 젖을 힘차게 빨아 넘기던 아이의 목젖에서 듣던 바로 그 소리다.

하룻밤 새 콩나물이 껑충 자라났다. 조금 부족하다 싶게 자란 콩나물이지만 이때다 싶어 거두었다. 여린 콩나물로 국을 끓이기 위함이었다. 끓이고 보니 그 맛이 꼬숩기가 이루 말할 수 없다. 밥을 몇 순갈 설설 말아 먹으니 목구멍으로 술술 넘어간다. 또 어느 날은 돌솥에 밥을 안치고 콩나물을 올려 콩나물밥을 짓는다. 콩이 여물지 않고 줄기가 부드러워서일까? 밥과 한 몸이 된 콩나물이 입에 척척 감겨든다.

세상 모든 일이 콩나물 키우는 일만큼 수월하다면 얼마나 좋을까? 물이 부족하진 않을까, 혹여 너무 많아 넘치지나 않을까 염려할 것 없이 그저 꾸준하게 물을 주는 것만으로도 뿌듯한 결과물을 얻을 수 있으니, 이 얼마나 신바람 나는 일인지.

반드시 잘해야 한다는 부담감은 내려놓아도 좋다. 콩을 나물로 변신시키기 위해 필요한 요건은 단 두 가지, 다름 아닌 꾸준한 관심과 성실함이다. 작은 팁도 있다. 물을 줄 때마다 깨끗이 손을 씻고 도닥도닥 콩나물 머리를 두드려 주면 얼마 안 가 통통하게 자라난 콩나물을 만나게 될 것이다.

콩나물국 한 그릇에 오늘도 기운찬 힘을 얻는다. 세상을 살아갈 용기도 더불어 얻는다.

집밥은 면죄부다

우리 집 밥상은 수수한 차림일 때가 많다. 어느 한 가지 메뉴가 밥상의 영광을 가로채기보다 밑반찬 서너 가지와 맑은 국 한 종류가 한데 어울려 한 끼 밥상을 이룬다. 아이들은 소박한 밥상에 입맛이 길들여진 탓에 매번 군말이 없다. 다만 남편만은 한 번씩 예외다.

"음, 우리 이거 먹고 야식은 뭘 먹을까?"
"야식? 지금 이렇게 밥을 먹으면서 야식을 생각해?"
"응, 저녁 간단히 먹고 맛있는 거 먹어야지."

기껏 차린 밥상 앞에서 밥을 딱 반 공기만 달라는 남자, 밥알을 씹는 중에 별스런 메뉴를 고민한다는 남자에게 배신감이 이만저만이 아니다. 얼마나 밥이 만족스럽지 않았으면 이럴까 싶다.

그는 심지어 밥을 '계륵' 취급한 적도 있다. '닭의 갈비', 말 그대로 그다지 큰 소용은 없으나 버리기에는 아까운 것을 대하듯, 썩 달갑진 않으나 할 수 없이 먹어 준다는 식으로 한 번씩 말을 흘리기도 하는 것이다. 정성 들여 지어 낸 밥을 먹어도 그만, 안 먹어도 그만인 닭 뼈다귀 취급이라니, 적잖은 충격을 받았다.

주말에 아침, 점심을 집에서 잘 차려먹고 저녁 지을 걱정을 하면 남편은 세상 눈을 동그랗게 뜨며 항변하듯 말한다.

"뭐? 하루 세끼를 집에서 먹는다고?"

도저히 이해할 수 없다는 표정이다. 나는 분이 올라 외친다.

"그렇게 바깥 음식이 좋으면 아침 점심 저녁, 세끼 다 나가 먹지 그래?"

"그건 아니지. 저녁에 치킨을 먹으려는데 낮에 탕수육이랑 짜장면을 시켜 먹었으면 몸이 욕을 하겠지. 일단 배를 집밥으로 채운 다음에 한 끼 정도만 외식을 해야 옳지."

결국 집밥 좋다는 건 그의 몸과 양심이 안다. 다만 그의 마음만은 따로 노는 게다. 집 밖 미식을 탐하기 전, 한두 끼 집밥을 최소한의 안전장치로 걸어 두겠다는, 어쩌면 안전장치를 넘어 일종의 면죄부로 삼겠다는 것이다.

'집 밖과 집밥 사이를 부지런히 오가며 방황하는 자여, 좌우당간 노선을 확실하게 정하지 않으면 나이 들어 좋은 꼴 못 볼 줄 알라!' 분에 차서 단단히 벼르는 중이다.

우리 집 면죄부 역할의 대표 격은 뭐니 뭐니 해도 된장이다. 된장은 약이다. 갈수록 된장 신봉자가 된다. 외식만 했다 하면 과식이다. 그런 날은 돌아와 된장국을 끓인다. 해독에 된장만 한 게 없기 때문이다. 조금 무리해서 먹었다 하더라도 된장에 밥 한술 말아 먹으면 속이 풀린다.

아이들만큼은 꾸준히 집밥을 짓게 만드는 확실한 동력이다. 각종 바이러스와 환경 오염으로 인한 기후 위기 등 유례없이 거대한 적을 만나 하루하루 큰 싸움을 이어 가고 있는 아이들이다. 더 큰 어려움이 언제 닥칠는지 모른다. 믿고 기댈 구석이라곤 엄마가 지어 주는 밥밖에는 없을 테다. 아직 살아갈 날이 창창한 아이들에게 집밥은 보험이다. 보험 중에서도 보장성 높은 상품이다. 언젠가는 아이들에게 최고의 가치가 되어 돌아올 거라는 믿음으로 오늘도 꿋꿋이 밥을 짓는다.

그러고 보면 나도 필요에 의해 집밥을 취할 때가 있다. 갈수록 커피가 좋아지는 마당이라, 몸 걱정은 따로다. 뼈 건강을 위해서, 철분 결핍을 막기 위해서 조치를 취하지 않을 수 없다. 삼시 세끼 집밥을 든든히 챙겨 먹는 것이야말로 최고의 비책일 테다.

어떠한 연유로든 우리 모두에게는 집밥이 필요하다. 집밥은 면죄부요, 건강한 식음을 위한 충분조건이다.

크레셴도 김치볶음밥

남자의 김치볶음밥은 오직 한 여자를 겨냥한 맞춤이었다. 그나마 첫째 아이는 볶음밥 두 숟갈에 물 한 모금씩 마셔 가며 '매워도 맛있다' 한다지만, 어린 동생은 볶음밥 한술 입에 떠 넣더니 그대로 정지 상태다. 그 맛있다는 아빠표 김치볶음밥을 눈앞에 두고서 더는 진도가 안 나가는 게 몹시 답답한 표정이다.

그렇다면 엄마표가 나설 차례인가. 적당량의 김치를 꼭 짜서 쫑쫑 썰었다. 양파를 김치보다 많이 다져 넣어 맛을 순화시켰다. 맵기가 덜한 대신 맛을 끌어올리기 위해 비장의 무기가 필요해 보였다. 고민 끝에 마늘장아찌 예닐곱 알을 빻아 넣었다. 간도 맞추고 감칠맛도 살렸다.

"엄마가 해 준 볶음밥은 맵지 않고 맛있다."

첫째 아이가 말한다. '녀석, 입에 맞는 모양이군.' 나는 싱긋 웃으며 물었다.

"맛의 비밀을 알고 싶어? 뭐가 들어갔는지?"
"응, 뭔데?"
"마늘."
"에에? 정말이야?"

녀석은 의외라는 표정이다. '그래, 네가 평소 싫다고 손사래 치던 바로 그 마늘.'
그때 딸아이가 말했다.

"엄마, 그래도 난 맵다, 물."

두 살 어린 딸아이에겐 아직 무리였나 보다. 냉큼 밥 반 공기를 덜어 볶음밥 옆에 놔 주었다.

"밥 좀 섞어 먹으면 괜찮을 거야."

아이들이 밥을 먹는 동안 아까 둘이서 가지고 놀던 수첩을 힐끗 봤다. 악보에 쓰이는 셈여림표가 그려져 있다. 아이들이 요즘 피아노를 치면서 부쩍 셈여림표에 빠져 있었다. '조금 세게'를 뜻하는 메조포르테*mf*, '세게'의 포르테*f*, '가장 세게'의 포르티시모*ff*. 무엇보다 수첩 한편의 크레셴도*cresc.*가 눈에 띄었다.

크레셴도*cresc.*, 점점 세게. 언제부턴가 아이들 입에 맞도록 김치볶음밥의 맵기를 조절해 오고 있다. '안 맵게', '조금 맵게', '맵게', 매운맛의 강도를 서서히 끌어올리는 중이다. 맵기 조절에 실패한 날 아이들이 자꾸 물을 들이키면 그렇게 미안할 수가 없다. 반대로 변변찮은 음식을 아주 맛있다며 먹어 주는 날엔 큰 보람을 느낀다. '아주 맵게' 김치볶음밥을 만들 날이 머지않아 올 것을 또한 안다.

음악이나 요리는 어쩜 이리도 닮은꼴일까. 화성을 잘 살린 연주곡이 사람의 가슴에 가닿듯, 사랑하는 이의 식성과 입맛에 맞게 조리된 음식 한 그릇은 맛 이상의 것을 안겨 준다. 때로는 변주도 필요하다. 낯선 재료는 친숙하게, 거친 재료는 부드럽게. 이렇게 아이들이 어른이 되어 가도록 돕는다.

"아들! 오늘 엄마표 김치볶음밥 맛있게 먹었으니까 영화 〈캐리

비안의 해적〉 피아노 곡 연주를 요청해도 될까? 셈여림표를 잘 살려서 '조금 비장하게' 말이야. 엄마가 그런 느낌을 좀 좋아하거든."

"응!"

아이가 기분 좋게 자리를 털고 일어난다. 얼마 안 가 아들 방에서 피아노 연주가 흘러나온다. 서툴지만 마음을 다한 연주다. 이 또한 오직 한 사람을 위한 맞춤인 것을 알기에 가슴이 뭉클해 온다.

음악이나 요리는 어쩜 이리도 닮은꼴일까.
화성을 잘 살린 연주곡이 사람의 가슴에 가닿듯,
사랑하는 이의 식성과 입맛에 맞게 조리된
음식 한 그릇은 맛 이상의 것을 안겨 준다.
때로는 변주도 필요하다.
낯선 재료는 친숙하게, 거친 재료는 부드럽게.
이렇게 아이들이 어른이 되어 가도록 돕는다.

요리를 놀이하다

아이의 고사리 손이 큼지막한 엄마 손에 폭 들어와 안긴다. 아이 손이 꿈틀대면, 터질 듯한 생명의 기운이 고스란히 전해진다. '작지만 옹골찬 이 손으로 무얼 할 수 있을까?'

아이들이 어려서부터 식재료를 함께 손질하며 놀았다. 날것의 식재료는 아이들에게 더할 나위 없는 놀잇감이 되어 주었다. 메추리알도 까고, 콩도 까고, 호두도 까고… 일명 '까기 놀이'다.

앙증맞은 두 손으로 동글동글 메추리알을 깐다. 먼저 알 위쪽으로 옴폭 패인 곳을 손톱으로 꼬집는다. 그렇게 집은 껍질을 돌돌 돌리며 까 내려오다 보면 뽀얗고 매끈한 알맹이가 그 몸매를 드러낸다. 운이 좋으면 껍질이 훌렁 벗어지는 수도 있다. 간혹 터져서 노른자가 드러나기도 한다. 그렇게 된 알은 까면서 먹어도 좋다고 말해 주었다. 터진 메추리알로 조림을 하면 간장 국물이 탁해지기 때문이다. 두 녀석이 손을 부지런히 놀리긴 하는데 어째 결과물이 신통치 않다.

"엄마, 이거. 또 찢어져서 노란 게 보여"라고 말하는 아이는 왜 그리 기분이 좋아 보이는 걸까? 엄마에겐 또 하나의 실패작이, 아이에겐 수확물이겠지.

시골에서 콩이 올라온 날엔 콩 까기 놀이판을 벌인다. 손주들 콩 까며 놀라고 일부러 꼬투리째 보내오신다. 아이들 놀잇감이 언제나 고민스러운 나로서는 반가운 선물이 아닐 수 없다.

피강낭콩 까는 날, 따사로운 오후 햇살 아래 꼬투리를 열고 콩을 훑는 손놀림이 경건하다. 어른도 아이도 말수가 적어지면서 차분해진다. 콩은 알이 굵고 꼬투리가 잘 벌어져 까는 재미가 쏠쏠하다. 호랑이처럼 얼룩덜룩한 무늬가 있어 '호랑이콩'이라고도 불린다 했다. 과연 알알이 화려한 무늬 덕에 우리는 지루한 줄 모르고 앉은 자리에서 그 많은 콩을 다 깠다.

손질을 마친 콩은 잘 씻어 체로 받친다. 물기가 완전히 마르기 전 냉동실에 넣어 두고 밥 안칠 때마다 조금씩 올려 먹는다. 제 손을 거친 식재료가 밥상에 오르면 아이들은 반가움을 금치 못하고 자꾸만 알은체를 한다. 밥맛이 절로 좋아진다.

하루는 아이들이 껍데기째인 호두를 보더니 까고 싶다고 했다. 그 작은 손으로 과연 호두도 깔 수 있을까?

"호두를 까려면 손도 크고 힘도 무지 세야 해. 호두 껍데기는 아주 단단하거든."

아이들은 일단 해 보겠다고 달려든다. 호두까기를 두 손으로 야무지게 움켜쥔 아이가 손아귀에 잔뜩 힘을 싣는다. 얼굴이 붉어지더니 얼마 안 있어 지축이 울리는 듯 굉음이 터져 나온다.

"빠삭- 빠사사사삭-"

세상 통쾌한 울림이다. 철통 같기만 하던 껍데기가 빠개진다. 돈으로 살 수 없는 자신감을 얻는 순간이다. 아이들의 의기가 충천하여 하늘을 찌른다. 흡사 축제 분위기다.

여러 번 시도하면서 아이들은 힘 조절하는 법을 배워 나간다. 지나치게 힘을 주면 호두알마저 함께 바스라진다는 것, 적당히 힘을 주어야만 온전한 호두알을 얻을 수 있다는 사실도 체득한다.

"호두알 봐 봐. 사람 뇌를 닮았지 않아? 호두를 먹으면 머리가 좋아지…"라며 교과서 같은 얘기를 줄줄 이어 가려는데, 아들이 호두알 하나를 얼굴 앞으로 불쑥 내민다.

"아니지 엄마. 뇌가 아니라… 사랑해요!"

정확히 반으로 쪼개진 표피 안에 하트 모양의 호두알이 얌전히 들앉아 있다. 호두알보다도 사랑스러운 아이를 꼭 안아 주었다.

아이들은 자라나 초등생이 되었고 놀이는 발전해 기술이 되었다. 어려서부터 놀이 삼던 일이 손에 익었는지 주방 보조 역할을 제법 잘해 준다. 방울토마토에 뜨거운 물을 부어 놓으면 껍질을 벗겨 주고, 집에서 기른 콩나물도 꼼꼼히 다듬어 준다. 현미, 찹쌀 같은 잡곡이나 갖가지 콩을 들이면 깔때기로 사각 페트병에 일일이 담아 준다. 크기가 큰 다시마와 미역을 작게 잘라 소분하는 일도 아이들 몫이다.

아이들이 엄마와 함께 주방에 서는 일이 자연스러운 풍경이 되었다. 엄마가 불을 다루고 있노라면 아이들은 곁에서 채소나 두부를 썬다. 아들은 옆구리 터지지 않게 김밥을 제법 잘 만다. 계란을 잘 다루는 딸아이는 저 혼자서 프렌치토스트를 구워 식구들 접시마다 내놓을 줄도 알게 되었다.

집밥이 다음 세대로 자연스럽게 계승되고 있다는 생각에 안심한다. 우리 집 아이들이 자라나 요리에 영 소질 없는 배우자를 만나더라도 그 집은 먹고 살 만할 것이다. 특히 우리 집 아들은 '요섹남'이 되어 일등 신랑감으로 자리매김하지 않을지, 이 유난스러운 엄마는 벌써부터 호들갑이다.

라디오, 주방을 틀다

"헤이 카카오! 'CBS 음악 FM' 틀어 줘."

요리하기에 앞서, 습관처럼 우리 집 인공지능 스피커를 부른다. 그러고는 언제나처럼 가장 즐겨 듣는 라디오 채널을 주문한다.

"'CBS 음악 FM' 틀어 드릴게요."

인공지능 스피커의 착한 대답과 함께 아름다운 선율이 전주처럼 깔리면 그제야 주방 일에 나선다.

라디오는 막막하기만 했던 살림과 육아의 여정을 수년째 함께

해 온 정다운 길벗이다. 그는 어떤 상황에서든지 곁을 지켜 준 막역한 친구였다. 집안일에 파묻히고 아이들을 돌보느라 여념이 없을 때에도 두 귀는 라디오를 향해 활짝 열어 둘 수 있었다. 라디오 진행자의 진심 어린 멘트 한 마디에 힘을 얻고, 마음을 다독여 주는 멜로디에 기분이 밝아지곤 했다. 그의 존재란 얼마나 크고 든든한지, 적어도 나는 아예 고립된 존재가 아니며 어떤 식으로든 세상과 연결되어 있다는 실감을 건네받곤 한다.

영유아 자녀를 둔 가정에서 주방일은 전투요, 생존의 문제 그 자체다. 요리는 언제나 육아의 연장선이었다. 아이를 돌보는 사이 짬을 내어 음식을 만들고 그 와중에도 끊임없이 아이의 필요를 살펴야 했다. 그러던 것이 이제는 상황이 좀 나아졌다. 둘째 아이의 초등학교 입학과 더불어 얼마간의 자유가 생겼으니 말이다. 앞이 보이지 않던 긴 터널을 겨우 빠져나온 듯한 기분이다.

이제는 시간을 뚝 떼어 내 느긋하게 주방에 설 수 있게 됐다. 여전히 다감한 내 친구, 라디오와 함께다. 라디오가 들려주는 사연과 선율에 마음을 같이하며 요리에 몰두하는 시간이 특별하다. 대중없고 예측 불허한 아이들의 요구와 질문이 요리의 맥을 끊지 않아 조리의 과정을 온전히 즐길 수 있다. 그 몰입의 시간은 순전히 나의 것이다.

저녁을 준비하려고 주방에 섰는데 라디오에서 전인권의 '걱정 말아요 그대'가 흘러나오고 있었다. 창밖에 부슬부슬 비가 내리는, 부침개 생각이 간절한 날이었다. 그렇다고 해서 구질구질한 건 싫었다. 노랫말처럼 아무런 걱정 없이, 맘 편히 식사를 준비하고 싶어졌다. 밀가루의 흩날림이나 질척임 없이 깔끔하게 똑 떨어지는 부침개는 어디 없을까?

문득 팽이버섯전을 떠올렸다. 계란물을 넉넉히 풀면 밀가루 없이도 가능할 것 같았다. 예상대로 팽이버섯 가닥가닥이 계란물을 꼭 붙들었다. 맛있고 영양가 있는 버섯전이 손쉽게 완성되었다. 쓰인 재료라고는 팽이버섯, 계란, 파, 당근. 땡! 그길로 아이들 반찬 걱정도 땡!

주방에서 만만찮은 일을 벌일 때는 라디오 음악을 노동요 삼아 기운을 낸다. 친정에서 박스떼기로 올라온 깻잎 앞에서 망연자실하던 날이었다. '이 많은 걸 어이할꼬' 하다가, 곧 폐부까지 깊숙이 파고드는 깻잎의 독보적인 향에 감탄하고 말았다. '아뿔싸! 깻잎이야말로 동양의 허브로구나!'

바질을 대신해 깻잎으로 페이스트를 만들기로 했다. 마른 팬에 잣을 살짝 굽고 그라나파다노 치즈를 간다. 올리브유를 듬뿍 끼얹고 세척한 깻잎을 넣어 함께 갈면 끝이다. 과정은 간단하지만 오일을 사용한 만큼 뒤처리가 만만찮다. 그런 날은 일부러 입담 좋고 익살 넘치는 진행자의 프로그램에 주파수를 맞춘다. 틀림없이 흘러나오는 노래마저도 흥을 돋워 주어 어깨를 들썩이게 될 테니. 새참은 삶은 감자다. 감자 한 알에 다 된 깻잎 페이스트를 한 스푼 올려 살짝 으깨 먹는다. 물론 깻잎 파스타를 만들어 먹어도 후회 없을 맛이다.

라디오는 내게 '지금이 요리할 시간'이라고 부드럽게 일러 준다. CBS 음악 FM '이수영의 12시에 만납시다'의 오프닝 음악이 기분 좋게 흘러나오면 점심 준비를 위해 주방에 선다. 오후 6시, '배미향의 저녁스케치'의 시작과 함께 스티브 바라캇Steve Barakatt의 '더 휘슬러스 송The Whistler's Song'이 울려 퍼지면 휘파람을 불며 즐겁게 저녁 준비에 들어간다.

잘 정돈된 라디오의 사연, 그리고 자신 있게 흘러가는 음악에 귀를 열고 밥 짓기에 빠져들 채비를 한다. 하루를 무탈하게 보냈다는 안도와 함께 이번 끼니도 잘 지어질 것 같은 좋은 예감이 든다.

삶에 허기진 당신을 작은 밥상으로 초대합니다.

이 소박한 밥상이 오늘도 만만찮은 하루를 살아내야 하는 당신에게

용기와 위로가 되어 주길 바랍니다.

집 밖에서 집밥의 세계로 훌쩍 건너오고 싶은 분이 있다면

그런 분들에게 이 글이 친절한 집밥 안내서가 되어 주기를 바라 봅니다.

3 장

허기를 채우는 레시피

냄비밥과 고등어무조림

압력과 밥맛

'딸깍'

빨간 안전핀이 위로 솟으면 밥이 지어지기 시작한다는 신호다.

'칙, 칙, 치이이이익-'

압력솥이 한껏 참았던 숨을 터뜨린다. 솥에 최대로 가해진 압력이 서서히 풀어지면서 김이 빠져나온다. 비릿한 밥 냄새가 풍기고 고소한 콩 내음이 물큰 올라온다. 불현듯 허기가 돈다.

김이 다 빠지고서도 한동안 뜸을 들인 후 뚜껑을 연다. 솥에 갇혀 있던 훈김이 훅 끼치면서 얼굴이 화끈 달아오른다. 문득 식구들을 향한 마음이 애틋해진다. 우리 엄마도 이런 마음으로 평생 식구들을 위해 밥을 지을 수 있었던 걸까? 이제야 내가 엄마와 같은 마음이 된 모양이다. 밥의 온기를 함께 나눌 이들이 곁에 있다는 게 새삼 감사하다.

가정마다 압력솥을 하나씩은 꿰차고 있다. 쿠○압력 밥솥이 신혼 소형 가전의 대명사가 된 지는 이미 오래다. 어른들 말씀으로는 밥맛이 예전 같지가 않다 한다. 우리가 사 먹는 쌀 대부분이 자연 햇살이 아닌 건조기의 힘을 빌어 말린 것이라 그렇다고. 그래서 이제는 더 이상 통상적으로 밥 지을 때 필요한 1기압, 100°C의 조건만으로는 맛 좋은 밥을 지을 수가 없다. 1기압 이상의 압력을 가하는 전기 압력 밥솥이 기세를 떨칠 수밖에 없는 상황이다.

나의 경우엔 직접 불을 조절해야 하는 스테인리스 재질의 일반 압력솥을 쓴다. 이것은 타이머 기능이 장착돼 있어 알아서 취사를 책임지는 전기 압력 밥솥과는 확연히 다르다. 재료의 내용과 양에 따라 압력 수위와 취사 시간, 불의 세기 등을 달리해야 한다. 혹여 압력이 지나칠까, 불 조절이 잘못될까, 행여 밥이 타지나 않을까 마음을 졸이곤 했다. 실제로 밥도 여러 번 태워 먹었다. 압력솥에 익숙해지기까지는 상당한 시간이 걸렸다. 합을 맞추기 위해 오랜 공을 들였다.

차차 자신감이 생겼다. 더 이상 공식처럼 조리 시간과 압력의 세기에 구애 받지 않게 되었다. 뿜어져 나오는 김의 냄새만으로 밥이 되어 가는 상태를 가늠할 수 있게 되었으니.

'칙 치이이이익–'

밥솥에서 새어 나오는 김이 집안 공기를 대번에 훈훈하게 달구어 놓는다. 사람들이 더불어 살아가고 있음을 말해 주는 냄새다.

"엄마, 오늘은 콩밥이지?"

막 현관문을 열고 들어선 아이들조차 솔솔 풍기는 밥내의 정체를 쉬 알아챈다.

식구들은 압력솥으로 지은 밥 가운데 밑이 노릇한, 정확히 말하자면 눌어붙기 직전 상태의 밥을 가장 좋아한다. 딱딱하고 여문 누룽지가 아니라 주걱으로 쉽게 들릴 정도로 부드럽고 찰진, 기막히게 고소한 밥이다. 게다가 꼬들꼬들하면서 쫄깃하기까지 하다. 아이들은 반찬에 손대는 것도 잊은 채 말 그대로 밥맛 삼매경에 빠지고 만다. 아이들이 이 지경이니 우리 부부도 덩달아 밥맛이 좋아질 수밖에.

밥솥 바닥에 노릇노릇 누룽지가 지어질 때도 있다. 누룽지는 박

박 긁어서 꼭꼭 씹어야 제맛이다. 누룽지에 물을 붓고 끓여 눌은 밥으로 먹기도 한다. 입맛을 잃었거나 마땅한 찬이 없는 날엔 눌은밥에 깍두기나 멸치볶음, 혹은 깻잎 장아찌 하나 척 얹으면 그만이다. 누룽지를 끓여 내면서 얻은 구수한 숭늉은 보너스다.

어느덧 스테인리스 압력솥은 나의 요술 램프가 되었다. 오랜 기간 솥을 길들이면서 여러 가지 식재료로 다양한 재주를 부릴 수도 있게 되었다. 퍼석한 멥쌀에는 찰기를 더하고 콩, 팥, 현미같이 여문 곡물조차도 입에 맞도록 부드럽게 지을 줄 알게 되었다.

오늘따라 차지게 지어진 밥이 미덥다. 포근포근 잘 익은 콩에서는 구수한 밤 맛이 난다. 콩물에 물든 보랏빛 밥이 식욕을 돋운다. 잘 지어진 따순 밥이 있으니 변변찮은 찬으로도 만족스러운 한 끼를 나눌 수 있을 것이다.

꼴사납거나 비위 거슬리는 대상을 눈앞에 두고 '밥맛 없다'라고 뱉어 내는 소리를 들을 때면 속으로 생각한다. '여간해선 밥이 맛이 없기가 쉽지 않은데' 하고 말이다. 우리 집에서 압력솥으로 지어 낸 콩밥이나 현미밥, 밑이 약간 노릇한 밥, 혹은 눌은밥을 맛보면 그 말이 쏙 들어갈 텐데.

토핑 올린 냄비밥

'오늘 밥이 무어냐'고 묻는 것은 '그날의 밥반찬이 무어냐'고 묻는 말이나 진배없다. 주 메뉴가 찌개인지 국인지, 그렇잖으면 뭐 하나 맛깔난 반찬이라도 있는지를 묻는 물음일 것이다. 밥 자체에 대한 궁금증이 아닌 것만은 분명하다. 고슬고슬한 흰밥인지, 백미에 찹쌀을 조금 섞어 지은 찰진 밥인지, 식감이 살아 있는 현미밥인지, 그것도 아니면 콩을 한 줌 얹어 지은 고소한 콩밥인지는 다음 문제다.

밥상에서 '밥'이 차지하는 지위란 대략 어디쯤일까? 아무래도 주연은 못 될 성싶다. 다만 반찬과 국, 찌개의 맛을 더욱 좋게 해주는 조연 정도 되지 않을까. 그렇다 해서 비중이 아주 없지만은 않은 것 같다. 반찬이 없으면 맨밥이라도 퍼먹어야겠지만, 밥 없이 차려진 9첩 반상은 상상조차 할 수 없으니 말이다. 고로 밥은 크게 주목 받지는 못할지언정 상차림에서 절대 빠질 수 없는, 제법 '빛나는 조연' 노릇쯤은 하게 되는 셈이다.

이런 조연급 밥을 주연으로 대우하고 싶은 날엔 냄비밥을 짓는다. 특별한 찬을 만들 요량이 서질 않고, 반찬의 가짓수를 늘릴 기운조차 없을 때는 그저 냄비에 정성 들여 밥을 짓는다. 냄비밥은 그 자체로 정성 음식이다. 밥이 다 지어지도록 관심을 거둘 수가 없다.

먼저 밥물을 잡고 센 불에 냄비를 올린다. 뚜껑이 요란하게 떠는 소리와 함께 밥이 부르르 끓어오르면 냄비 뚜껑을 활짝 열어 한 김 날려 보낸다. 불을 낮추고 뚜껑을 덮은 후 10여 분간 밥이 서서히 익기를 기다린다. 불을 끈 후 몇 분간 뜸 들이는 여유까지도 엄연히 밥 짓는 과정에 포함시켜야 한다. 이렇게 정성 들여 지은 밥에 한두 가지 반찬을 곁들이면 충분한 한상차림이 된다. 간편식임에도 대충 때웠다는 느낌은 들지 않는다.

냄비밥을 지을 땐 밥 위에 무얼 올릴까 고민한다. 토핑topping은 계절에 따라 다채롭다. 풋풋한 완두콩은 봄 한철 쓸 수 있는 한정판이라 귀하디귀하다. 초여름, 강낭콩과 피강낭콩을 토핑으로 올린 밥은 붉고 선명한 여름 빛깔이다. 초가을에는 풋팥을, 가을이 깊어지면 서리태와 동부콩을 올린다. 무엇이 됐든 햇콩은 물에 불리지 않고 그대로 올린다.

묵은 콩은 하룻밤 동안 찬물에 충분히 불려 사용한다. 쥐눈이콩을 밤새 불리면 보랏빛 물이 곱게 우러난다. 콩 불린 물을 밥물 삼고 콩 한 줌 얹으면 말 그대로 '색'다른 밥이 지어진다. 기분마저 산뜻해지는 밥상이다.

여름철엔 냄비밥을 활용해 가지를 '하루 한 가지'씩 요리한다. 가지는 쓰임도 조리법도 가지가지라지만 그 무엇이 냄비에 올려 쪄 먹는 맛을 따를 수 있을까. 밥 위에 쪄 낸 가지는 흐늘거리지 않고 적당히 쫄깃하다. 충분한 수분과 함께 고유의 맛과 향을 머금고 있다. 간장 한 스푼에 들기름 한 바퀴 휘 둘러 냄비째 가지밥으로 즐겨도 좋고, 가지만 결대로 찢어 나물로 무쳐 먹어도 그만이다.

단호박을 올려 밥을 짓는 날도 있다. 단호박 물이 젖어든 밥이 입에 달다. 밥 먹는 일이 이처럼 달고 행복한 일이었던가, 새삼스럽기까지 하다. 다른 식재료와 달리 가지나 단호박은 쉽게 무르기 때문에 처음부터 밥 위에 올리지 않는다. 밥이 센 불에서 끓어오르면 한 김 날려 보내고, 그 후에야 밥 위에 얹는다. 조리 도중이라도 이렇게 적절한 때에 끼어들 여지가 있다는 점이 냄비밥의 또 다른 매력이다.

몸에 한기가 들 땐 냄비로 구뜰한 시래기밥을, 향긋한 나물이 그리울 땐 곤드레밥을, 소화력이 달리고 몸이 허할 땐 무밥을 짓는다. 마침 집에서 키우는 콩나물이 알맞게 자라났을 땐 콩나물을 한두 주먹 넉넉히 올려 밥을 짓는다.

냄비밥을 장식한 각양 토핑이 밥의 보드라움과 구수한 향에 보기 좋게 어우러진다. 마늘이나 더덕처럼 맛과 향이 강한 식재료라도 토핑으로 쓰이면 맛이 순해지면서 향긋해진다. 이처럼 다채로운 토핑이라니, 과연 냄비밥의 세계는 어디까지일까?

내 주방 살림의 여우주연상을 그 잘난 반찬과 국, 찌개가 아닌 한 그릇 냄비밥에 돌리고 싶다. 모양은 질박하지만 밥 짓는 이의 진심이 담겼고, 밥조차 보기 좋게 잘 지어졌으니 화려하게 빛나는 상을 받아 마땅하지 않겠는가.

특별한 찬을 만들 요량이 서질 않고,

반찬의 가짓수를 늘릴 기운조차 없을 때는

그저 냄비에 정성 들여 밥을 짓는다.

냄비밥은 그 자체로 정성 음식이다.

밥이 다 지어지도록 관심을 거둘 수가 없다.

설익은 봄날의 고등어무조림

쇼윈도 마네킹이 입은 옷이 밝고 해사하다. 봄을 너무 성급히 맞은 탓인가. 겨울 패딩을 다시 꺼내 입은 사람들이 자라같이 목을 움츠린 채 바삐 거리를 오간다. 봄기운이 만물 위로 살포시 내려앉으려는 찰나 '쌩' 하고 찬바람이 인다. 그새 봄의 온기를 낚아채 가고 없다. 지난 겨울바람의 끝자락인 게 분명하다. 시샘 많은 샛바람이 하냥 얄밉다.

장거리마다 마트 진열대마다 봄 푸성귀가 어깨를 겨루며 쏟아져 나온다. 냉이를 사다 조물조물 무쳐 볼까나. 달래를 한 줌 사다 달래장을 만들까. 차라리 쑥국을 끓이는 게 나으려나. 주방 맡은 자의 마음이 한없이 달뜬다.

자태를 뽐내는 각양 봄나물에 자꾸만 눈길이 가닿으면서도 마음 한편은 남몰래 딴 곳에 가 있다. 다름 아닌 가을무다. 작년 늦가을, 마지막 하나 남은 무를 혹여 바람 들세라 신문지로 꽁꽁 싸매고 비닐 랩으로 야무지게 둘러 냉장고 한편에 고이 모셔 두었었다.

정말이지 가을무 하나면 겨우내 찬거리 걱정이 없었는데. 잘게 채 썰어 아삭한 식감 그대로 무생채로 내거나, 쌀뜨물 약간에 굵은소금 몇 꼬집 넣어 무나물로 볶거나. 오징어 한 마리 썰어 넣고 시원하게 뭇국을 끓여도 그만이었다. 밥 차릴 기운조차 없는 날엔 굵게 썬 무채를 올려 무밥을 지으면 만족스런 한 끼가 되곤 했었다.

아이 친구의 엄마이자 친언니같이 다정한 이웃이 이사를 가게 되어 떠나보내는 날, 그녀를 초대해 집밥을 대접했다. 마지막 가을무를 꺼내들었다. 극진히 아껴 온 재료를 허투루 쓸 순 없기에 이리저리 머리를 굴렸다. 하나 남은 가을무를 영화롭게 할 메뉴는 다름 아닌 매콤칼칼, 기름지고도 시원한 고등어무조림.

가스불에서 지글지글 끓는 찌개를 들어 냄비째 식탁으로 올렸다. 고등어는 원래 맛있다. 기름지고 맛있다. 가을무는 더 맛있다. 살캉살캉하게 익은 무 조각을 젓가락에 힘을 주어 반듯이 가른다. 한입 통 크게 베어 물면 파삭한 감자 맛이 난다. 시원하고도 포근한 맛이 입안에 감기며 '키야' 소리가 절로 난다. 마치 꾸준히 이어

온 우리의 기특한 관계를 칭찬이라도 하듯이.

'사람 관계라는 게 늘 부족하고 나약한 법인데, 어쩜 우린 이렇게 오랜 기간 한결같은 사이로 지내 왔을까요. 이젠 제법 숨결같이 편안하고 다정해졌는데…. 섭섭한 마음일랑은 뒤끝 없이 개운한 가을무의 맛으로 달래 봅니다. 잘 가요. 이 맛이 생각날 때면 언제라도 들러요.'

얼마 안 가 그리워질 가을무의 참맛. 가을무가 이토록 맛있는 걸 보면 아직 설익은 봄이다.

청국장을 아시나요

청국장에서 냄새가 난다고들 한다. 나로서는 잘 이해가 되지 않는다. 청국장은 그 자체로 풍미가 강한 식품임에는 틀림없지만, 그렇다고 청국장을 고릿한 냄새 풍기는 양말짝 따위에 견주는 소리를 들으면 왠지 억울한 마음마저 든다.

나는 직접 청국장을 띄워 먹는 가정에서 자랐다. '청국장을 띄운다'는 말은 청국장을 발효하고 숙성시킨다는 뜻이다. 찬바람이 불기 시작할 무렵이면 할머니는 아랫목 이불 속에 삶은 콩 단지를 꼭꼭 묻어 두셨다. 연탄을 때던 시절이라 방바닥 곳곳의 온도 차는 컸다. 연탄 화구에 가까운 아랫목은 노란 장판이 진한 갈색으로 변할 정도로 뜨거웠고, 창호지를 바른 미닫이 쪽은 냉골이었다.

그때 청국장은 방 안의 명당을 떡하니 차지하고서 몇 날 며칠을 군림했다.

시간이 지날수록 단지 속 콩의 존재감은 강렬해졌다. 온 방이 쿰쿰한 냄새로 가득 찼다. 그러나 우리는 아랑곳 않고 그 옆에 눕기도 하고 잠도 자면서 여느 때와 다름없이 지냈다. 어린 나에게도 그것은 정겹고 익숙한 냄새였다.

우리 식구는 그렇게 아랫목을 한참이나 차지하고 만들어진 청국장으로 가을, 또 겨울을 났다. 엄마는 두부를 큼지막하게 썰어 넣고 국물의 간이 두부에 살짝 배도록 청국장을 끓여 주었다. 맨 마지막에 대파를 듬뿍 넣고 한소끔 더 끓이면 달큼함이 더해졌다. 아이는 작은 입으로 속까지 달궈져 부들부들해진 두부를 온 힘을 다해 불어댔다.

적당히 시어진 김치를 넣고 끓인 찌개도 별미였다. 김치가 푹 무르도록 충분히 끓여 낸 청국장이었다. 식구들 저마다의 입속으로 '호로록 호로록' 국물 넘어가는 소리가 요란했다. 그 정겹던 소리가 지금껏 귓가에 생생하다. 나는 거기에다 구운 곱창김을 곁들여 먹는 걸 좋아했다. 짭조름한 김에 밥 한술 싼 다음 청국장 한 숟갈 떠먹는 그 맛이 일품이었다. 김에 만 밥 한입, 청국장 한술, 그렇게 먹다 보면 다른 찬에는 일절 손이 안 갔다.

지금도 친정에 가면 청국장 제조의 전 과정을 여실히 볼 수 있다.

친정 부모님이 직접 청국장 사업을 하시는 덕분이다. 이제 청국장은 아랫목이 아닌, 좀 더 규모 있고 전문적인 온도 설비 안에서 만들어지고 있다. 아버지는 아궁이에 불을 지펴 장장 8시간 동안 콩을 삶는다. 불이 너무 세도, 약해도 안 된다 하시며 한시도 자리를 뜨지 않으신다. 솥뚜껑을 열면 훅 덤벼드는 훈김에 푹 익은 콩의 향기가 실려 나온다. 푸짐하게 삶아진 콩의 향기를 마주하노라면 대번에 마음이 부자가 된다.

채반에 널어 한 김 식힌 콩을 온도 조절 설비에 들인다. 비로소 발효가 시작되는 것이다. 3일간의 발효를 충실히 마친 청국장에 흰 꽃이 활짝 피어난다. 잘 발효된 간장에 하얀 꽃이 피는 것과 마찬가지 원리다. 발효된 청국장을 주걱으로 떠올리면 끈적끈적 거미줄 같은 실이 일어난다. '이야' 하고 탄성이 절로 나오는 지점이다. 발효된 청국장을 수년간 간수 뺀 소금으로 약하게 간을 하고 절구로 빻아 한 끼 끓여 먹기 좋을 분량으로 빚어낸다.

부모님이 만든 청국장을 지역 온라인 커뮤니티에 소개했다. 의외로 많은 이들이 관심을 보여 왔다. 청국장의 제조 과정과 내가 끓인 청국장찌개 사진을 올려 가면서 청국장의 효능과 조리법을 알렸다. 졸지에 청국장 홍보대사가 되었다. 개중에는 이렇게 물어오는 분이 있었다.

"청국장에서 냄새 많이 나나요?"

처음에는 질문을 부정적인 의미로 알고 항변 태세를 취했다.

"청국장에서 냄새가 안 날 수는 없어요. 그런데 제대로 발효된 청국장이라 역하거나 고릿하지 않아요. 아주 구수하고 그윽해요. 발효 조건이 좋지 않을 경우에만 잡균이 번식해서 역한 냄새가 나게 되는 거거든요"라고 대답했다. 그랬더니,

"아, 그래요? 제가 어릴 적에 먹었던 냄새 나는 청국장을 찾고 있어요"라며 도리어 반가워하신다.

'이분은 청국장이 풍기는 진짜 향미를 아는구나. '라떼(나 때)'의 맛을 찾고 계셨어….'

나 역시 반가운 마음이 들었다. 고유의 향을 잃어버린 청국장이란 결국 향기 없는 커피와 같은 것, 그것은 이미 진짜가 아니다.

나는 이미 청국장의 은밀한 냄새에 볼모 잡혀 있다. 그 고유의 향미로 여럿 볼모 잡고 있기도 하다. 그 향내가 가진 위력은 대단해서, 아무리 발버둥 쳐도 평생 헤어 나올 수 없을 것만 같다. 언젠

가는 이런 내가 부모님의 이 위대한 사업을 표표히 이어 갈 수도 있으리라.

청국장에서는 냄새가 나지 않는다. 향기가 난다.

청국장에서는 냄새가 나지 않는다.

향기가 난다.

빈 병에
계절을 담다

예쁜 병만 보면 가슴이 설렌다. 투명한 빈 병을 마주하면 무엇으로든 채우고 싶고, 바닥을 드러낸 병을 보면 당장 깨끗이 비우고 싶어 안달이다. 어떻게든 비워 낸 병에는 무얼 담으면 좋을까 하고 나만의 즐거운 고민을 또다시 시작하고야 만다.

모양과 크기와 쓰임이 모두 다른 병을 모으는 일은 또 다른 재미다. 각진 병보다는 원통 모양이, 입구는 되도록 넓은 것이 쓰임이 좋다. 나름의 취향도 생겨났다. 내가 가장 아끼는 병은 '복음자리'에서 출시된 잼 병이다. 아래로 죽 뻗어 나가던 둥근 몸통이 밑면에 가까워지면서 아스라이 좁아지는 모양이 어쩌나 요염하고 사랑스러운지. 병을 두 손으로 감싸 들고 한참이나 바라본 적도 있다.

병에 대한 깊은 애정은 수제 잼 만들기 취미로 이어졌다. 잼 만들기를 굳이 '취미'라 말한 이유는 이것이 정말로 좋아서 하는 일이기 때문이다. 철마다 자연이 내어주는 최고의 부산물을 어떻게든 품을 들여 저장하려 애쓴다. 투명한 빈 병에 계절을 담는 일은 다소 버겁지만 가슴 설레는 일이다.

봄철에는 발효 딸기잼이다. 요즘은 봄을 딸기의 계절이라 말하기가 무색하다. 겨울부터 마트며 시장에 쏟아져 나오는 하우스 딸기는 당도가 높고 가격대도 그리 나쁘지 않기 때문이다. 그런대로 딸기 몇 팩을 사다 먹다가 봄 끝자락이 되어서야 딸기잼 만들 궁리를 시작한다.

잼은 굳이 봄 끝물에 노지 딸기를 구해다 만든다. 노지 딸기는 알이 작고 단단하다. 얼어붙은 땅을 힘 있게 뚫고 올라와서인지 생명의 단단한 기운이 느껴진다. 새콤한 맛이 강한 딸기는 노곤하고 나른한 몸을 깨워 주는 봄의 과일답다.

봄에 걸맞은 과일, 딸기를 병에 담는 날의 이야기다. 먼저 딸기를 발효시킨다. 깨끗이 세척해 물기를 제거한 딸기를 밥솥의 보온 기능을 켜 둔 상태로 넣어 둔다. 이틀 후 뚜껑을 열면 과즙과 과육이 분리되어 물이 흥건하다. 여기에 사탕수수 당(원당)을 어느 정도 넣고 원하는 질감이 되도록 졸인다. 과육이 뭉개지지 않도록 가만가만 저어 준다. 과즙이 이미 빠져나온 상태라 졸아드는 시간이 길지 않다. 발효 딸기잼은 색이 어둑하다. 설탕을 과일과 동량으로 넣어 졸인 환한 빛깔의 시중 잼과는 차이가 난다. 점성 또한 덜하나 딸기의 과육이 살아 있어 당절임에서나 맛볼 수 있는 과육의 탄력 있는 질감을 즐길 수 있다.

어느 나른한 봄날 오후, 딸기잼을 만들어 두지 않으면 머지않아 후회하게 될 테다. 봄이 내준 숙제를 끝마치지 못했다는 찜찜한 기분이 들 테지. 다 졸아든 딸기잼을 맑고 투명한 병에 담으며 감히 꿈꾸어 본다. 햇빛 쨍쨍 여름 오후와 온몸 꽁꽁 한겨울, '뻥' 하고 병뚜껑 열리는 소리와 함께 별안간 환한 봄이 열리기를. 상큼한 딸기잼을 맛보며 싱그러운 봄기운을 만끽할 수 있게 되기를.

늦여름엔 발효 무화과잼을 만든다. 나무에서 꽃이 피는 과정 없이 열매를 맺는다 하여 '무화과無花果'라는 이름을 얻었다지만, 무화과를 숭덩숭덩 잘라 접시에 올리면 무미건조한 식탁에 화사한 꽃이 핀다. 이렇게 생과로 먹기만도 아까운 무화과를 굳이 잼으로 만드는 이유가 있다. 은근하고 순한 단맛이 좋아서다. 씹을 때 톡톡 터지는 무화과 씨의 독특한 질감, 이 또한 무화과잼의 매력이다.

가을은 누가 뭐래도 사과의 계절이다. 홍옥紅玉으로 만든 잼에는 초가을의 신선함이, 부사富士로 졸인 잼에는 가을의 깊은 맛이 담긴다. 사과잼 만드는 날이면 집안 곳곳의 창문을 활짝 열어젖힌다.

신선한 가을 내음과 사과잼 졸아드는 달콤한 향이 버무려진다. 비로소 가을과 내가 하나 되는 시간이다.

무화과잼과 사과잼 역시 발효 과정을 거쳐 만든다. 딸기나 무화과와 같이 과육이 무른 과일은 이틀, 사과처럼 단단한 과일은 사흘 정도 발효시키는 것이 적당하다. 원당이 적게 들어간 잼은 점도가 낮게 만들어져 잼보다는 스프레드에 가깝다. 빵이나 요거트에 듬뿍 올려 먹을 수 있는 건강한 잼이다. 단, 안 달다고 푹푹 퍼먹지는 말고 계절의 맛을 음미할 것.

잼을 만드느라 불 앞을 지키고 서 있는 날이 많다. 잼은 약불에서 지적지적 끓으며 서서히 졸아든다. 그 지루함 뒤에는 어김없이 병입의 즐거움이 기다리고 있다. 다 된 잼이라도 불을 아예 끄면 안 된다. 불씨를 살포시 남겨 둔 상태에서 잼을 뜨기 시작한다. 잘 소독된 투명한 병을 한 손으로 단단히 거머쥔다. 김 피어오르는 달콤함의 정체가 조르르 병에 담긴다. 빈 병에 계절이 담긴다. 병입, 요리가 예술이 되는 순간!

식탁이 단조롭게 느껴질 때면 지난 계절에 만들어 둔 각종 잼을 꺼낸다. 봄날의 딸기잼, 늦여름의 무화과잼, 그리고 어느 가을날 넉넉히 졸여 둔 사과잼, 다 나와! 부드러운 식빵, 혹은 다소 퍽석하고 거친 호밀빵에 수제잼을 취향껏 올려 먹는 가족들. 지난 계절의 이야기를 자연스레 꺼내 본다. 밥도 국도 없는 밥상이지만, 풍성하고 다채로워 조금은 덜 미안하다.

햇빛 쨍쨍 여름 오후와 온몸 꽁꽁 한겨울,
'뻥' 하고 병뚜껑 열리는 소리와 함께 별안간
환한 봄이 열리기를. 상큼한 딸기잼을 맛보며
싱그러운 봄기운을 만끽할 수 있게 되기를.

팥의 세계

팥에 대해서라면 늘어놓고 싶은 이야기가 한 무더기다. '팥' 하면 '앙꼬 없는 찐빵'이 먼저 떠오른다. 앙꼬, 즉 팥소야말로 찐빵에 없어서는 안 될 절대적인 존재니까. 어디 찐빵뿐이겠는가? 제빵계의 황제인 팥빵에서부터 붕어빵, 호빵, 호두과자는 물론이거니와 여름철 간식의 대표 주자 팥빙수에 이르기까지 팥을 빼놓고는 말 못 할 군것질거리가 수두룩하다. 이쯤 되면 팥은 이미 대중의 간식계를 제패한 셈.

무미건조한 날의 찹쌀 호떡

오늘이 어제와 같았다. 그날이 그날 같은 날들이 이어지고 있었다. 마냥 흘러만 가는 시간에 어떤 의미라도 새기고 싶은 심정이었다. 한 주간 별 탈 없이 자라 준 아이들에게 주말의 기쁨을 선물하기로 했다. 팥소를 넣은 찹쌀 호떡을 구워 보기로.

미리 팥소를 만들어 두었다. 푹 익힌 팥에 원당을 넣어 가볍게 졸인다. 찹쌀가루를 익반죽한 후 동글동글 둥글려 새알심 같은 반죽을 빚는다. 크기는 팥죽에 넣는 새알심보다 커야 알맞다. 동그랗게 만든 반죽에 팥소를 넣고 손바닥만 한 크기로 호떡을 빚는다.

스테인리스 프라이팬을 충분히 예열한다. 팬에 기름을 두르고 호떡을 얹어 앞뒤로 노릇하게 구워 낸다. 겉이 바삭하게 구워지면 찹쌀 특유의 느끼함은 감해지고 고소함이 상승한다. 아이들은 붕어빵 맛이 나는 호떡이라며 연신 호호 불어댄다. 역시 호떡은 뜨거울 때 손에 쥐고 먹어야 제맛! 마침내 집안에 생기가 돌기 시작했다.

'팔빙수'라 불러 다오

여름 한 철, 우리 집 CD 플레이어에서는 윤종신의 '팥빙수'가 쉬지 않고 흘러나왔다.

빙수용 위생 얼음 냉동실 안에 꽁꽁
단단히 얼린다 얼린다
후루츠 칵테일의 국물은 따라 내고
과일만 건진다 건진다
팥빙수 팥빙수 여름엔 와따야

노랫말이 무척 친절하기도 하다. 가사 내용을 순순히 따르기만 해도 그럴싸한 팥빙수가 완성되니 말이다. 다만 우리는 약간의 응용을 한 버전으로 '빙수용 위생 얼음' 대신 '우유 얼음'을 쓰기로 했다.

냉동실에 두고 꽁꽁 얼린 우유를 강판에 갈아 눈꽃 얼음을 만든다. 순전히 팔의 힘으로 해야 하는 작업이다. 하여 우리는 우리 집 팥빙수를 '팔빙수'라 부르기로 했다.

'슥삭슥삭 샤샤삭 싹싹'

'팥빙수' 노래와 함께 강판 갈이를 시작하면, 강판 아래로 쏟아지는 눈꽃 얼음에 모두가 환호했다. 한 사람이 힘에 부치면 다른 이가 작업의 바통을 이어받았다. 너 나 할 것 없이 '빙수야, 팥빙수야 녹지 마, 녹지 마'를 목청껏 외쳐대면서. 노래 '팥빙수'는 노동요로서의 역할을 톡톡히 해냈다.

눈꽃 얼음 위에는 '후르츠 칵테일' 대신 바닐라 아이스크림을 넉넉히 올렸다. 콩가루와 통팥 조림까지 듬뿍 뿌리고 나면 유일무이 가정식 팥빙수의 완성이다. '팥빙수'와 함께 수월하게 넘겨 보낸 지난여름을 추억하노라면 웬일인지 저릿저릿 팔이 저려 오는 듯하다. 냉동실에 얼려 둔 우유 얼음이 아직 남아 있는데, 겨울이면 어떠랴, 두 팔 걷어붙이고 조만간 힘차게 눈꽃 얼음을 갈아야 할까 보다.

아껴 두고 먹는 풋팥

풋팥이 나오는 계절에는 찰밥을 짓는다. 찰밥은 주식과 부식, 그 중간 어디쯤에 있는 음식이다. 한 끼 식사로도 손색이 없지만 찰밥 몇 숟갈이면 때때로 찾아오는 허기를 잠재울 수 있다.

팥 꼬투리를 열면 아직 덜 여문 연보랏빛 열매가 수줍게 고개를 내민다. 희미하게 풍기는 팥 향이 반갑다. 수분을 머금은 풋팥이 촉촉하다. 손질한 풋팥은 냉동실에 아껴 두었다가 찰밥을 지을 때마다 꺼내 먹는다. 불릴 필요 없이 찹쌀 위에 바로 올려 밥을 짓는다. 찰진 밥을 각자의 밥그릇에 나눠 담는 대신, 양푼 그릇에 산만큼 쌓아 올린다. 김과 단무지 정도만 곁들인다. 그렇게 식구가 되어 간다.

아침에 눈을 뜨고 보니 밖이 아직 어둑하다. 날짜를 헤아려 보다가 오늘이 동지라는 걸 퍼뜩 깨닫는다. 우리 집 '얼리버드'들도 오래간만에 늦잠인지 온 집안이 고요하다. 꿀렁꿀렁 팥죽 끓는 소리만 세상에 가득한 듯하다.

동짓날 기나긴 밤처럼 올겨울은 유난히 길다. 어쩌겠나, 잘 쑤어진 팥죽 한 그릇으로 꿋꿋이 버텨 보는 수밖에.

양송이버섯과
코르크 마개

숲 속 깊은 곳에서 옹기종기 모여 사는 파란 난쟁이 '스머프Smurfs'를 아시는지. 그들이 짓고 사는 버섯 모양, 돔 형식의 집은 틀림없이 양송이버섯을 본뜬 것이리라고 생각했다. 친근한 캐릭터의 영향인지 양송이버섯은 내게 유독 정겨운 존재다. 생김새가 귀엽고 앙증맞은 버섯. 버섯 특유의 강한 향 대신 은근한 내음이 난다.

"봐 봐. 가운데 심지를 이렇게 살짝 건드리면 톡 떨어지지? 그 다음엔 옆에 있는 껍질을 살살 발라내는 거야."

양송이버섯은 손질이 쉽고 재미난 구석이 있다. 시범을 보여주면 아이들도 곧잘 따라 한다. 특히 알이 굵고 모양이 반듯한 버섯은 심지가 깔끔하게 똑 떨어지면서 껍질도 잘 벗겨진다.

양송이버섯을 구울 땐 세상 진지해진다. 예열한 팬에 심지가 떨어진 부분이 위로 향하도록 버섯을 올린다. 불은 최대한 약불로 한다. 버섯이 구워지면서 오목하게 파인 부분에 물방울이 또록또록 맺힌다. 이슬 크기의 방울이 차차 커진다. 물이 가득 차면 버섯이 알맞게 구워졌다는 신호다. 뜨겁게 달구어진 버섯을 조심스럽게 들어올린다. 고인 버섯물이 흐르지 않도록 실수 없이 접시로 옮겨야 한다. 버섯 구이에서 유일하게 어려운 대목은 오직 이뿐이다.

"엄마, 코르크 마개를 잘 따낸 버섯에만 물이 제대로 고였네?"

아들의 말에 버섯을 들여다보며 한참을 고민했다. 이 아이가 말하는 '코르크 마개'란 과연 뭘까 하고. 아하, 과연! 버섯 심지가 꼭 코르크 마개를 닮았구나. 유독 심지가 깔끔하게 떨어진 버섯에만 버섯물이 출렁거리고 있었다.

빛깔이 고아하고 묵직한 와인 병의 코르크 마개. 그것을 '퐁' 따서 들어 올리면 신선하고 감미로운 새 포도주가 터져 나온다. 병에 물이나 기체가 스며들지 않도록 코르크가 막아 주었던 것이다. 바로 그 와인 병의 코르크 마개처럼, 양송이버섯의 심지가 양송이의 중심을 꽉 틀어막고 있었던 거로구나. 코르크가 뽑힌 곳에 물이 차오른다. 그러고 보니 순결하고 성스러워 보이기까지 한다. 친숙할뿐더러 알고 보면 우아하고 고급스런 버섯이다.

양식 전채 요리의 대표 격인 양송이 수프. 스테이크 하우스의 우아함이 그리운 날엔 양송이 수프를 끓인다. 먼저 양송이와 양파를 잘게 다져 버터에 숨이 죽도록 볶는다. 버터와 밀가루를 일대일 비율로 5분간 볶아 루roux를 만들다가 생크림과 우유, 볶은 양송이와 양파를 넣고 끓여 준다. 기름진 게 부담스러운 날에는 우유와 생크림 대신 삶은 감자를 으깨 넣어 농도를 조절하면 된다. 정성스레 끓인 수프를 한 술 두 술 뜨다 보면 몸이 맑아지면서 영양으로 꽉 채워지는 느낌이 난다. 양송이와 양파의 풍미가 온몸에 스민다. 기분 좋은 여운이 오래도록 머문다.

양송이 수프를 호밀빵에 곁들인 아침 식단은 신선하다. 호밀빵은 옛 유럽 서민층이 허기를 때우기 위해 먹던 빵으로, 다소 퍼석하고 시큼한 맛이 난다. 그 자체로는 목 넘김이 어려울 정도로 투박한 빵이기도 하다. 호밀빵을 손으로 뜯어 수프에 충분히 적셔 먹는다. 그 맛의 조화를 무엇에 비유할까. 거친 꽁보리밥에 부드럽고 영양 많은 청국장을 끼얹어 슥슥 비벼 먹는, 할 말을 잃게 만드는 밥맛쯤이라 해 둘까.

때때로 우리는 양송이의 '코르크 마개'를 딴다. 무엇에도 비할 수 없는 우아함에 젖어 들 시간이다.

생강차
한 잔이면

된장도 간장도 담글 줄 모르는 반쪽짜리 주부지만 올해도 생강고[●] 만큼은 거르지 않고 만든다. 생강고를 만들 때만큼은 '살리다'라는 어원을 가진 단어 '살림'의 의미를 더욱 생각한다. 생강고 만들기는 나와 식구들을 살리겠다는 각오와 작정이 아니면 선뜻 나설 수가 없는 일이기 때문이다. 재료 손질만 해도 보통 수고로운 게 아니다. 차라리 생강으로 청을 담그는 쪽은 수월하다. 생강을 편 썰어 설탕이나 꿀에 재우면 되니까. 생강고는 훨씬 손이 많이 간다. 과정의 괴로움苦을 견뎌 내야 가까스로 생강고膏가 탄생한다.

● 생강 즙에 꿀이나 설탕 등의 당류를 넣고 달여 만든 농축액

올해는 생강 껍질 벗기는 일은 생략하기로 했다. 생강 껍질에 오히려 건강에 좋은 성분이 많다는 사실을 알게 됐기 때문이다. 대신 세척에 더욱 공을 들였다. 흙먼지 하나까지 말끔히 제거해야 했다. 생강 이음새를 뚝뚝 분질러 가며 작은 솔로 꼼꼼히 손질을 했다. 손질한 생강을 소쿠리에 받쳐 물기를 뺐다.

다음은 생강 착즙 단계다. 생강의 원액을 얻어 내기 위해서는 착즙기가 잘 따라 주는 것이 관건이다. 그런데 이 과정이 복병이다. 착즙기가 웬만큼 좋은 성능이 아니고서는 생강의 강한 섬유질을 당해 낼 수가 없기 때문이다. 생강을 착즙할 때면 기계가 자주 멈춘다. 분해하고, 막힌 부분을 뚫어 주고, 다시 돌리고, 또 돌리고…. 내 맘 같지 않은 상황을 끝까지 인내심을 가지고 대해야 한다.

귀하게 얻은 생강 원액을 서늘한 곳에 두어 하얀 전분 성분을 가라앉힌다. 맑은 윗물만 냄비에 따라 붓고 비정제 설탕을 넣어 졸인다. 적당한 농도가 될 때까지 약불에서 주걱으로 저어 준다. 내용물이 굳은 후에는 점성이 더해진다는 점을 감안해야 한다.

초반에 착즙기로 걸러 낸 생강 섬유질과 가라앉은 전분은 완전히 건조한 후 믹서기에 간다. 그렇게 얻은 생강가루는 생선 조림이나 고기를 재우는 등의 요리에 요긴하게 사용할 수 있다. 생강고와 더불어 천연 향신료를 얻게 되었으니 무척 뿌듯하다.

생강고 한 병 만들어 두고선 남편에게 겨우내 생색을 낸다. 날이 차서 몸에 한기가 든다, 소화가 안 된다, 기운이 없다 하기만 하면 단일 처방을 내린다. 도도하게 턱을 추키고는 의기양양하게 한 마디 툭 던진다.

"뜨끈한 생강차 한 잔 어때?"

아내로부터 '생강이 그리 몸에 좋다더라'고 귀에 인이 박히도록 들어 온 이 남자, 주방을 들락거리며 뻔질나게 냉장고 문을 열어젖힌다. 아이들에게는 찻숟가락으로 생강고 반 스푼에 배즙을 섞어 따뜻하게 마시게 한다. 차 맛이 한결 부드럽고 순하다. 수정과나 식혜에서 맛볼 수 있는 은은하게 밴 생강 향을 즐길 수 있다. 아이들에게 순한 생강차를 건넬 때만큼은 나도 썩 괜찮은 엄마가 된 것 같은 기분이 든다.

그러나 누구보다 생강고의 덕을 크게 누리는 건 나 자신이다. 몸이 차고 혈액순환이 안 되는 내 몸에 생강만 한 게 없다. 겨우내 생강차로 커피를 대신한다. 겨울철엔 뜨거운 커피라도 몸에 찬 기운을 더한다. 고맙게도 생강차의 풍미는 커피의 매력적인 맛과 향에 필적할 만하다.

겨울철 추위에 더해 미세 먼지와 전염성 바이러스까지, 올해는 건강을 위협하는 외부 요소가 늘었다. 그로 인해 쌓이는 내적 스트레스를 감당하는 일은 또 다른 차원의 문제다. 그에 맞설 핵탄두급 비밀 병기가 여기 있다. 몇 달간은 끄떡없을 거라고 배짱을 디밀어 본다. 외부의 적들이 언제고 딴지를 걸어 오면 능청스럽게 대꾸할 것이다.

"생강고 한 스푼 넣은 알싸한 생강차 한 잔이면 될까요?"

슈톨렌을 나누며

작년 성탄은 팬데믹으로 인해 '강제로 고요한 밤'이었다. 아기 예수가 탄생한 밤이 꼭 그러했을 것이다. 숨죽인 듯 고요한 가운데, 별들만이 신비를 속삭이는 거룩하고 성스러운 밤.

성탄 무렵이면 어린 시절 서예학원 통창 난간에 서 있던 성탄 트리를 떠올린다. 선생님은 성탄일이 되기 한참 전부터 트리를 세워 두셨다. 생 가문비나무 꼭대기에 커다란 별 장식을 달고, 가지마다 성탄 엽서를 걸어 만든 단순하면서도 고급스러워 보이는 트리였다. 학원은 건물 2층에 자리하고 있었다. 낮이고 밤이고 건물을 지날 때면 시원스러운 통창 너머 우뚝 선 성탄 트리에 마음이 밝아지곤 했다.

성탄 트리는 꽤나 오래도록 자리를 지켰다. 어김없이 축제 분위기 속에서 성탄이 지나고 새해가 밝아도 트리는 여전히 그 자리였다. '왜 트리를 거두지 않으시는 걸까? 트리에 들인 수고가 아까워서겠지.' 그때는 그리 단순하게 생각했다.

언제부턴가 내게도 성탄을 맞이하는 나름의 의식이 생겼다. 성탄 무렵이면 가족, 지인들과 슈톨렌stollen을 나눈다. 아기 예수의 요람을 본떠 만들었다는 독일 전통 빵 슈톨렌. 일명 '크리스마스 빵'으로도 불린다. 슈톨렌은 700년 전통을 가진 정통 발효빵으로, 100일 동안 럼주에 절인 각종 견과와 베리류, 고급 향신료를 첨가하여 만든다.

독일인들은 슈톨렌을 나누며 성탄을 기다렸다고 한다. 성탄을 앞두고 매 주말마다 가족들과 한자리에 모여 얇게 슬라이스한 슈톨렌을 한 조각씩 나누며 기다림을 키웠던 것이다. 어쩌면 그보다 앞서, 슈톨렌의 재료가 숙성되는 긴 시간 동안 예수의 나심을 간절히 사모했던 것 아닐까.

슈톨렌을 한 조각 베어 물면, 묵직한 질감이 입 안에 가득 찬다. 농익은 깊은 맛이 전신에 달콤하게 퍼진다. 빵을 뚫고 나오는 럼주에 절여진 건조 과일과 견과의 풍미가 향기롭다. 빵의 한가운데, 아몬드 가루와 설탕을 버무려 만들었다는 동그란 마지판 marzipan이 달고 고소하다. 오래도록 입에 두고 음미하고 싶어지는 맛이다. 이 귀한 빵을 빚느라 오랜 시간 정성을 다한 이의 진심이 전해진 탓일까. 지난한 한 해를 보내며 입은 상처가 아물고 가슴속 헛헛함이 채워진다. 슈톨렌은 단순한 빵이 아니다. 그것은 기다림과 간절함 속에서 위로와 치유의 힘을 품은 음식이다.

식구들과 빵을 떼며 문득 한밤중 양 떼를 지키다가 구주가 나신 소식을 전해 들었던 목자들을 떠올린다. 왜 하필 양 틈에 자던 목자들이었을까? 외로운 밤을 지새우던, 위로가 가장 절실한 자들이라서였을까? 이어 동방박사 세 사람과 그들이 가져온 값진 선물 – 황금과 유향, 몰약을 생각한다. 끝까지 구원자의 나심을 기다렸던 시므온과 안나까지. 지금 나는 어떤 모습과 마음으로 성탄을 맞고 있나.

성탄은 단 하루의 기념일이나 흥에 겨운 이벤트가 아닐 거라는 생각을 한다. 어린 날 보았던 성탄 트리가 제법 오래도록 자리를 지켰던 이유를 이제는 어렴풋이 알 듯하다. 자신의 내면을 차분히 들여다보고, 성탄의 의미를 가슴에 오래도록 새기려는 마음이었을 것이다. 나는 여즉 성탄을 지내는 중이다. 상온에 오래 두어도 변치 않는 빵 슈톨렌과 함께.

올해는 슈톨렌을 직접 구워 볼 참이다. 아기 예수께 드릴 선물을 앞서 준비했던 동방박사의 마음으로 빵을 구우며 마음을 다해 성탄을 기념하리라. 빵과 사랑은 나눌 때에 그 의미가 커지는 법이다. 소중한 이들에게 정성껏 구운 슈톨렌을 건네며 진심으로 안부를 묻고 싶다.

밥 짓기에 자꾸만 빠져듭니다. 집 밖으로 몇 발자국만 나가면
먹거리 천국이 펼쳐지는 세상에서 굳이 역주행 중입니다.
요리 솜씨가 특출난 사람이거나 손수 만드는 찬이 화려해서는 아닙니다.
대개는 그 나물에 그 밥이지만, 부족한 듯 소박한 밥상이 좋습니다.

'집밥 레이스'를 완주하기 위해서는 전략 전술이 필요합니다.
집밥에 지원군과 아군은 절대적입니다. 완급 조절도 필요합니다.
그러나 한 박자 쉬어 가야 할 때는 외식을 합니다.
밖에서 근사한 한 끼를 먹고 돌아오면 당장 밥이 짓고 싶어집니다.
무게의 중심은 역시나 집밥입니다.

4 장

완벽한 밥상은 없다

불 꺼진 주방에 서서

불 꺼진 주방이 적막하다. 물기 마른 싱크대의 볼이 낯설다. 주부의 손이 미치지 못한 지 불과 몇 시간 남짓인데, 주방에서 밥을 짓던 일이 마치 오래전 일처럼 느껴진다. 습관대로 주방에 섰을 때 불현듯 밀려드는 허전함, 이 느낌은 도대체 뭘까.

친오빠네 식구들을 만나 한정식을 대접 받고 돌아온 날이었다. 정갈하고 맛깔난 찬이 넘쳐났다. 우리 집 평소 밥상을 생각하면 분명 과분하고 호화로운 정찬이었다. 그런데 어찌하여 난 빛 좋은 음식 앞에서 오늘 처리했어야 할 냉장고 속 식재료를 떠올렸던 걸까.

돌아와서도 식탁 위에 두고 온 반찬과 식재료를 떠올렸다. 쌈채소로 먹고 남긴 노오란 배춧잎이 눈앞에 아른거렸다. 알배기 배춧잎 몇 장이면 달큼하고 시원한 된장국이 쉽게 되는데. 순위에 밀려 손도 못 댄 장아찌도 아쉽다. 한 종지 장아찌라도 누룽지에 곁들이면 너끈히 한 끼 해결할 수 있을 것을. 통째로 남긴 공깃밥은 또 어떻고. 고슬고슬 지어진 밥이 차게 식으면 볶음밥에 제격인데. 이렇게 미련이 많을 바에야 차라리 야무지게 싸들고 올 걸 그랬다.

다만 풍성한 식탁에 한 가지 빠진 게 있었던 것 같다. 다름 아닌 직접 요리하는 즐거움이다. 식사란 단순히 요리의 결과물, 즉 잘 차려진 한상만을 의미하지 않는다. 즐거운 마음으로 음식을 계획하고 재료를 준비하는 일, 최대한 군더더기 없는 손놀림으로 조리의 과정을 즐기는 것, 무엇보다 완성된 음식을 소중한 이들과 함께 나누고 정리하며 뒷일을 도모하는 일까지. 뒷일이란 남은 음식과 식재료를 다음 번 식사에 어떻게 활용할지에 관한 창조적 구상까지 포함하는 일이다.

외식 밥상이나 배달음식은 당장엔 편하고 푸짐하지만 그게 전부다. 상을 물리고 나면 남는 게 없다. 다음 끼니가 당장 고민스럽다. 여윳돈이라고는 전혀 없는 통장의 잔고처럼 각박하다. 하지만 집밥은 다르다. 한 가지 음식을 발판 삼아 색다른 음식을 구상할 수 있다. 한 번 끓인 국은 다시 데우면 더 깊은 맛이 난다. 채소 자투리만 있으면 카레나 볶음밥, 미네스트로네(이탈리아식 야채 수프) 같은 한 그릇 음식이 쉽게 만들어진다. 심지어 손질하고 남은 파 뿌리나 양파 껍질, 살을 발라낸 황태 뼈마저 맛국물의 훌륭한 재료가 된다. 집밥을 짓는 일은 언뜻 생각하면 성가신 일 같으나 결국엔 남는 장사다. 얼마간 품이 들지만 수고를 상쇄하고도 남을 만한 대가를 누리게 된다. 그 비밀을 아는 자, 밥 짓기의 늪에서 헤어 나올 수 없으리라.

어쩌면 난 밥 짓는 일을 진심으로 사랑하고 있었는지 모른다. 주방에 물기 마를 날이 없다며 투덜댄 건 마음에도 없는 소리였던가. 한 끼 한 끼 밥을 지어 내고 내 작은 살림을 매만지는 일에 이토록 속 깊은 애정을 품고 있었을 줄이야. 정작 나 자신도 몰랐던 마음을 깨닫고는 별안간 얼굴이 확 달아오른다. 나, 혹시 집밥에 중독된 걸까?

부엌데기라는 말 대신

저녁 지을 고민을 하면서 내 또래 이웃과 몇 마디 말을 주고받은 적이 있다.

"부엌살이는 어차피 종신직이잖니. 어휴. 나를 바꿔야지. 밥해 먹는 일이 이리 심오하고도 중요할 줄 누가 알았겠니?"

"뭐라구? 종신 시집살이는 들어 봤어도 종신 부엌살이라니. 하긴, 틀린 말은 아니지. 차마 부엌데기라고는 말 못 하겠다."

"내가 딱 그 단어를 쓰려다 꿀꺽 삼켰어. 자존심 상해서."

"그럼 부엌지기 어때? 왜, 등대지기라는 고상한 단어도 있잖아."

"부엌지기라… 등대지기만큼이나 서정적이면서 뭔가 있어 보이는데?"

부엌일의 신성함을 등대지기에 견주고 보니 문득 폴란드 작가 헨리크 시엔키에비치Henryk Sienkiewicz의 단편 《등대지기》가 떠올랐다. 끝없이 방랑하는 삶을 살던 '스카빈스키'라는 한 노인이 등대지기를 자청하면서 펼쳐지는 숭고한 삶의 이야기가 담긴 작품이다. 등대지기의 삶은 그 자체로 외롭고 고되다. 한 곳에 머물러야 하는 일이다 보니 어떤 면에선 은둔자, 더 나아가 수도자의 삶과 닮아 있다.

등대지기의 임무는 막중하다. 낮에는 기압계의 지표에 따라 여러 색깔의 깃발을 흔들어 날씨를 알리고, 밤에는 등대의 불을 밝혀 배들의 길잡이 노릇을 한다. 노인은 등대를 지키는 일에서 참된 안식을 구한다. 결국 그는 자신의 참모습을 보게 되고, 어디로 가야 할지를 깨닫게 된다. 삶을 빛나게 하는 건 어떤 지위가 아니다. 누군가의 삶이 빛날 수 있는지의 여부는 결국 그 삶을 살아내는 사람의 태도에 달려 있다.

그래서일까? '등대지기', '청지기'와 같이 '-지기'가 붙은 말에서는 숭고함이 묻어난다. 설사 문을 지키는 '문지기'라 할지라도 그렇다. '그것을 지키는 사람'의 뜻을 더하는 접미사 '-지기'가 체언에 붙으면 사명 의식, 혹은 천직 의식을 가졌다는 의미를 더하는 것 같다. 그런 의미에서 자기 일을 세상 귀한 줄 알고, 의연하고 우직하게 자리를 지키며 자족하는 자야말로 참된 '지기'일 것이다. 설사 어느 한 사람도 알아주지 않아도, 합당한 대우를 받지 못한다 해도 말이다.

이웃과의 대화에서 무심코 내뱉은 '부엌지기'란 단어가 종내 머릿속을 떠나지 않았다. 우리 가족에게는 요즘만큼 주방의 비중이 컸던 적이 없었던 것 같다. 세상일에 부대끼고 치인 가족들이 주방으로 모여든다. 이곳에서 배를 채우고 정신적 허기를 달랜다. 오늘을 사는 우리에게 주방은 그 무엇에도 견줄 수 없는 쉼터다. 맘 놓고 기댈 수 있는 엄마의 너른 품이다.

부엌지기의 소신이 요즘같이 중한 적이 있었을까. 주방일의 편리를 도모하기 위해 노동의 일부를 기계문명에 맡긴다손 치더라도 '지기'의 영역만큼은 포기치 못한다. 식재료의 선별, 음식에 사용하는 양념의 종류와 내용, 인체에 무해한 재질의 조리 도구를 사용하는 일, 건강한 방식의 조리법, 무엇보다 요리에 진심을 다하는 일까지. 이것이 부엌지기 고유의 권한이다. 가족의 건강을 지킬 수 있는 힘이 오직 내 집 부엌에서 나온다.

집 밖으로 몇 발자국만 나가면 먹거리 천국이 펼쳐지는 세상에서 나는 역주행 중이다. 각종 홈쇼핑 채널에서는 시판 제품을 들고 나와 편리와 효율을 부르짖는다. 간편하게 한 끼를 해결할 수 있는 푸짐한 외식 밥상이 언제고 유혹하며 손짓한다. 마우스 클릭 몇 번이면 원하는 음식이 내 집 문 앞으로 온다. 그 모든 편의와 손쉬움을 마다하고 주방에 선다. 손수 만드는 찬이 화려해서가 아니다. 요리 솜씨가 뛰어나서는 더더욱 아니다. 대개는 그 나물에 그 밥이지만, 안심할 수 있는 소박한 밥상이 좋다.

이왕 주방에 서야 한다면 부엌데기가 아닌 부엌지기로 살고 싶다. 우직한 부엌지기가 되어 오늘도 내 집, 두 평 주방에서 밥을 지으련다. 혹여 누가 날더러 부엌데기라 한대도 상관없을 터. 어엿한 '지기'로서 크게 개의치 않을 테다.

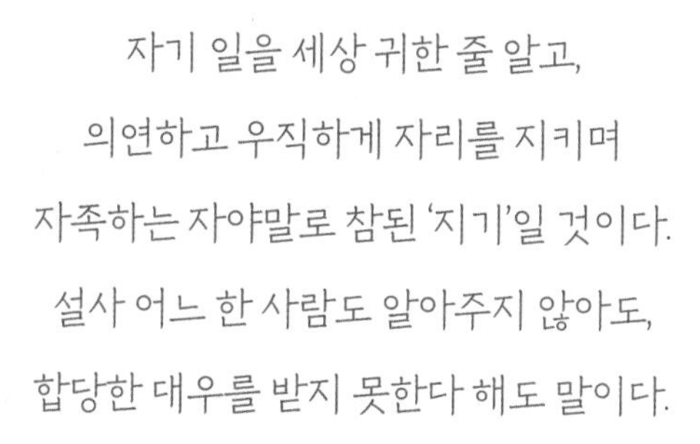

자기 일을 세상 귀한 줄 알고,
의연하고 우직하게 자리를 지키며
자족하는 자야말로 참된 '지기'일 것이다.
설사 어느 한 사람도 알아주지 않아도,
합당한 대우를 받지 못한다 해도 말이다.

작은 숲과 치유의 밥상

영화 〈리틀 포레스트Little Forest〉는 일본 시골 마을의 코모리小森: 작은 숲를 배경으로 자급자족하는 농촌 생활을 그린 영화다. 이렇다 할 갈등 구조나 기승전결의 전개는 없지만, 요리 자체에 초점을 두고 음식이 전부인 일상을 잔잔하게 그려 낸다.

영화에서 여주인공 '이치코'가 서서 요리하던 주방의 모습을 유심히 보았다. 언뜻 비친 냉장고의 크기가 놀랄 만큼 작았다. 그녀의 소녀 적, 어머니의 주방이었던 때부터 자리를 지키던 냉장고다. 영화 속에서 그녀가 냉장고 문을 여는 모습은 몇 번 나오지 않는다. 손수 만든 식혜나 생선 절임을 차게 넣어 두는 용도로나 사용되고 있었다. 그도 그럴 것이, 밭에서 막 가져온 재료를 알뜰히

다뤄 새 음식을 만드는 게 일상이었으니 음식 저장고의 역할도 크지 않았으리라.

귀향 후 혼자 힘으로 꿋꿋하게 삶을 꾸려 나가는 이치코의 모습이 퍽 인상적이다. 그녀는 철마다 손수 가꾼 재료로 공들여 음식을 만든다. 음식 맛을 보며 감탄사를 내뱉거나 기대 이상의 맛에 실소하기도 한다. 그녀는 도시에서 받은 상처들을 차차 회복해 갔다. '작은 숲'을 뜻하는 코모리는 그 자체로 쉼의 장소요, 치유의 공간이었다.

나의 부모에게도 '리틀 포레스트'가 있었다. 급작스럽게 빚더미에 앉게 되어 빠져나올 희망이라곤 전혀 보이지 않던 시절이었다. 노부부는 밭 한 뙈기를 부치기 시작했다. 삐쭉 돋아난 작물의 싹이 하룻밤 새 성큼 커 버린 모습에 용기를 얻었다. 한 줄 도랑을 따라 풀을 메다가, 문득 뒤돌아 말끔해진 땅을 바라보면 마음속 근심도 싹 사라지는 듯했다.

그렇게 길러 낸 작물로 차린 밥상은 치유와 생명의 밥상이었다. 부부는 그 밥을 먹고 기어코 역경의 한 세월을 넘어섰다. 그렇게 늘려 온 땅은 어느덧 '그랜드 포레스트grand forest'가 되었다. 노부의 허리가 웅크려지고 노모의 무릎이 삐걱대는 걸 알면서도, 이제 일은 그만하고 좀 쉬시라고 섣불리 말을 꺼내지 못한다. 땅이 사람에게 무엇인지, 흙이 내주는 작물의 힘이 얼마나 큰지 너무도 잘 알기 때문이다.

이제는 대도시에서도 계절을 따라 사는 일이 크게 어렵지 않게 되었다. 주말농장이나 정원형 텃밭을 분양받거나 옥상 정원, 베란다 텃밭, 상자 텃밭 등을 꾸려 얼마든지 도시농부로 살아갈 수 있다. 제한적으로나마 자급자족의 기쁨을 누릴 기회가 열려 있다.

몇 해 전, 아이들 학교 텃밭을 가꿀 기회가 있었다. 뜻있는 학부모 몇이 힘을 모아 딸기, 방울토마토, 상추, 감자, 무, 배추 등의 계절 작물을 심었다. 매주 모여 물과 비료를 주고, 잡초를 제거하고, 곁순을 따고, 때로는 애벌레를 잡아 가며 살뜰히 텃밭을 살폈다. 봄 상추와 쌈 채소는 유독 성장이 빨랐다. 하루가 다르게 무성해 가는 잎채소를 솎아 엄마들과 나눴다. 그날 저녁은 가늘게 썬 잎채소에 달래장을 살짝 끼얹고 들기름 한 바퀴 휘 둘러 밥을 비볐다. 텃밭 채소는 야들야들하고 쓴맛 없이 달았다. 물기가 많아 시원하고 아삭했다.

땅의 넉넉함에 감탄했다. 작은 수고로 겨우 씨를 뿌리고 모종을 심었을 뿐인데, 스스로 싹을 틔우고 열매를 맺게 하는 흙의 위력이 새삼스러웠다. 내 삶도 이와 같았으면 했다. 대단한 요행이나 드라마틱한 사건은 없을지라도, 씨 뿌림에 대한 작은 보상을 누리는 삶. 굳이 서두르지 않아도 때가 되면 꿈꾸며 노력한 일이 응당 현실이 되고, 세월이 흐르면 손에 얻은 것들을 기꺼이 내려놓을 줄도 아는 삶. 그런 유연한 삶을 그리게 되었다.

올해에도 교사와 학생들이 간간이 텃밭을 돌본 모양이다. 딸아이 하교 시간에 대어 교문 앞에 서 있는데 저 멀리서 아이가 보였다. 엄마를 발견한 아이는 한 손으로 연둣빛이 선명한 봉지를 쳐들고 냅다 달려오고 있었다.

"엄마, 내가 텃밭에서 상추 따왔어! 이거 엄청 싱싱해. 헉헉, 가위바위보 이겨서 가져온 거야!"

아이는 말하는 내내 가쁜 숨을 몰아쉬었다. 아이가 그토록 흥분한 이유는 무엇이었을까? 가위바위보를 잘한 것이 기뻐서였을까, 상추 맛이 좋은 걸 알아서였을까? 어쩌면 아이는 지난봄 텃밭 채소의 유난했던 맛을 기억하는지 모를 일이었다. 문득 영화 속 남자 주인공 '유우코'의 한 마디가 떠올랐다.

"자신이 몸으로 체험하고, 그 과정에서 느끼고 생각하며 배운 것. 진짜 스스로가 말할 수 있는 건 그런 거잖아."

틀림없이 제 시절의 음식을 동반하는 계절의 묘미를 영화에서 배웠다. 한 계절이 가고 새로운 계절이 올 무렵이면 이치코를 떠올린다. 이 계절에 그녀는 어떤 재료를 가지고 무얼 만들었더라, 하고.

비록 직접 작물을 기르진 못해도 땅의 은택과 타인이 흘린 땀의 대가로 밥상 위에 오른 음식들을 보면서 "잘 먹겠습니다"라고 말하는 걸 잊지 말자고 자주 되뇐다. 첫술을 뜨기에 앞서 꼭 "이따다끼마스いただきます"라고 말하던 영화 속 주인공 이치코처럼.

작은 수고로 겨우 씨를 뿌리고
모종을 심었을 뿐인데, 스스로 싹을 틔우고
열매를 맺게 하는 흙의 위력이 새삼스러웠다.
내 삶도 이와 같았으면 했다. 대단한 요행이나
드라마틱한 사건은 없을지라도, 씨 뿌림에 대한
작은 보상을 누리는 삶.

아군이 필요해

집밥 좋다는 걸 모르는 이가 있을까? 다만 각자의 사정과 형편상 해 먹지 못해 다들 울상이다. 워킹맘이라서, 아이가 너무 어려서, 요리가 서툴러서, 굳이 혼자 먹을 음식을 만들기 뭣해서, 혹은 도저히 짬이 안 나서. 제 손으로 밥을 짓지 못한다며 자책도 심하다. 집밥의 진가를 알기에 더욱 그렇다. 꾸준히 밥을 짓기란 누구에게나 만만찮은 일이다. 한두 번 바짝 힘을 낸다고 될 일은 아니다. 나름의 기반이 필요하고 얼마간의 수고와 의무가 뒤따른다. 그렇게 좋다는 집밥이 좀 더 가볍고 유쾌해질 수는 없는 걸까?

'집밥 레이스'를 완주하기 위해서는 전략과 전술이 필요하다.

지속 가능한 밥 짓기를 위해 집밥의 지원군과 아군은 절대 조건이다.

신림동 한 아파트에서 또래 아이를 키우는 여섯 집이 모였다. 모임의 이름은 신림동 키부츠, 줄임말로 '신부츠'다. 이스라엘의 운명 공동체를 일컫는 키부츠kibbutz● 로부터 영감을 받았다. 누군가가 반찬 나누기 활동을 제안했다. 모두가 탄성을 질러댔다. 밥반찬이야말로 우리 모두에게 날마다의 고민거리이자 어려운 숙제였기 때문이다.

우선 똑같은 반찬통을 여섯 개씩 구비했다. 집집마다 한 개의 메뉴를 정하되, 식단의 균형을 위해 두 집은 고기반찬을 맡기로 했다. 한 가지의 음식을 평소보다 넉넉히 만들어 여섯 개의 반찬통에 고루 나누어 담는다. 고대하던 모임 시간이 되면 모두 한 가지씩의 메뉴를 들고 와서 각자 다섯 가지 반찬을 챙겨 간다. 소박하지만 큰 선물이다. 왠지 남는 장사 같기도 하다. 말하자면 윈윈win-win인 셈이다. 육아와 살림의 짐을 나누어 진다는 건 이런 걸 두고 하는 말이 아닐까.

'엄마'가 만들었기에 안심이다. 제 아이 먹일 음식이니 가장 믿을 만한 재료를 사용할 테다. 굳이 성분을 확인하지 않아도 되는 것은

● 이스라엘의 농업 및 생활 공동체. 철저한 자치 조직을 바탕으로 개인 소유를 부정하고, 생산 · 소비 · 육아 · 교육 · 후생 따위를 공동으로 행한다. (출처: 국립국어원 표준국어대사전)

인공 첨가물이 없을 것이기 때문이다. 게다가 아직 냉장고에 들이기 전이라 재료와 양념 맛이 고스란히 살아 있다. 아이들 입맛에 맞게 순하고 짜지 않은 음식들이다.

그런 와중에 빨갛게 무쳐 낸 무생채가 은근히 반가웠다. 육아에 지친 부모를 다독일 반찬도 가끔은 필요하니까. 일본 가정식에 취미가 있는 멤버도 있었다. 하루는 그녀가 니쿠자가にくじゃが: 일본식 고기조림라는 음식을 가져왔다. 한국식 불고기와 같은 듯 다른, 개성 있는 그 맛에 빠져 버렸다. 누군가 카레를 건넸을 땐 다소 실망스러웠다. 찬은 변변찮고 대안도 없는 날이면 툭 하고 해 먹는 카레가 아니던가. '이 엄마 여간 바쁜 게 아닌가 보네' 생각하고는 피식 웃어넘겼다.

막 받아 온 찬으로 밥상을 차리고 나서 단체 채팅창에 인증샷을 올렸다. 그러면 다른 멤버들의 상차림 사진들도 줄줄이 올라오기 시작했다. 같은 반찬이지만 각각 개성 있는 상차림에 마음이 곱절로 푸근해졌다. 대번에 여유가 돌고 손이 풀렸다. 괜스레 마음이 너그러워졌다. 그날 저녁은 적어도 아이와 한 번 더 눈맞춤을 할 수 있었다.

종종 웃지 못할 에피소드도 생겨났다.

"감자 반찬 하나 안 가져가신 분, 손 들어 주세요."

카카오톡 단체 채팅방에 메시지가 떴다.

"감자 반찬이 ㅁㅁ이네 집이 아니라 ○○네 집으로 잘못 배달됐어요. 주인 찾는 대로, 늦어도 내일 오전 내로 배달할게요."

댓글은 점입가경이다.

"저 호박나물이 두 개인데요."

"앗, 막 섞여 버렸나 보다."

"호박나물 주인 찾습니다."

주인을 못 만난 감자볶음과 호박나물이 갈 바를 알지 못한 채로 있었다. 이어 사건의 실마리가 보이기 시작했다.

"제가 사고 쳤어요. 제가 먹고 둔 호박나물이 ○○네로 갔어요. 양이 적은 호박이 제 거…. 지금 찾으러 갑니다."

한참 후 소중한 호박나물이 회수되었다는 소식과 함께 상황은 일단락 지어졌다.

동과 동을 넘나들며 우리는 부지런히 서로의 집을 오갔다. 반찬을 교환하고, 반찬 주인을 찾아 주고, 또 어떤 날은 실종된 반찬을 찾아 헤매느라 말이다. 상황이 이러한데 친해지지 않을 요량이 있을까. '이웃사촌'을 넘어 '이웃가족'이라는 신조어가 생길 판이었다.

아파트에 살면서 입버릇처럼 주택 타령을 했던 게 웬 말이냐. 아파트에서는 서로가 마음 문을 열기만 하면 이웃 사이는 지근거리 至近距離다. 막 만들어 낸 반찬의 온기가 채 가시기 전에 전할 수 있는 거리인 것이다.

어쩌면 집밥이란 그리 어렵거나 부담스럽기만 한 대상은 아닐는지 모른다. 눈을 크게 뜨고 주변을 보면 어딘가에 동지가 있을 수도 있다. 그도 밥 짓는 일이 뜻대로 되지 않아 나와 같은 고민을 하고 있을는지도. 뭉치면 살 길이 보이리라.

이제는 반찬과 더불어 진심을 나누던 나의 동지들은 새 터전을 찾아 하나둘 떠나고 없다. 여전히 밥을 지어야겠는데, 여전히 지원군이 필요한데. 어디 기댈 언덕이 없는가 하고 또다시 두리번거리는 중이다.

치킨에 불혹한다는 것

대학 시절 어울려 다니던 선후배가 예닐곱 있었다. 가끔 우리는 대학가의 소문난 치킨집에 모여 청춘의 회포를 풀었다.

그중 치킨을 가장 야무지게 뜯던 남자와 사귀기 시작했고 열애 끝에 결혼했다. 치킨에 대한 사랑도 함께 이어 갔다. 우리는 기념할 만한 크고 작은 일이 생길 때마다 치킨을 뜯었다. 새해가 밝아서, 이사를 해서, 손님을 치른 날이라서, 생일이라서, 가을이 시작됐으니까, 축구 경기를 시청할 날이라, '미스터트롯'을 봐야 하니까, 무사히 원고를 마감한 날이니까, 불금이니까 등. 치킨을 끼니 삼은 적은 거의 없었다. 아이들이 단잠에 빠져든 야심한 시각이 되어서야, 치킨 한 마리를 두고서 부부는 오붓한 시간을 즐기곤 했다.

'이대로는 안 되겠다. 치킨을 끊어야 해.'

치킨과의 긴긴 동행 끝에 한 사람이 퍼뜩 정신을 차렸다. 몸이 보내오는 달갑지 않은 신호 탓이었다. 야식으로 치킨을 먹고 난 다음 날이면 어김없이 몸 전반이 무기력하고 찌뿌드드했다. 생체리듬이 깨어진 채 힘겹게 하루를 버텨야만 했다. 치킨을 뜯는 짧은 시간의 즐거움을 위해 다음 날의 긴 하루를 볼모 잡히기엔 억울했다. 분명 손해나는 일이었다.

아파트 엘리베이터 안에서 치킨의 흔적을 알아채는 일이 잦았다. '치킨 배달원이 방금 다녀갔구나.' 순식간에 온몸의 감각을 사로잡는 강렬하고도 매혹적인 향이란! 그런 날은 십중팔구 계획에도 없던 야식을 주문한다. 그러나 치킨을 해치우고 나면 판도가 달라진다. "빨리 문 열어, 문 열어." 방금 전까지 치명적인 유혹이었던 바로 그것이 집안에서 되도록 빨리 제거해야 할 불쾌한 냄새로 돌변하고 마는 것이다. 그제야 안다. '이번에도 냄새에 홀리고 말았구나.'

결심은 뒤처리를 하면서 굳어진다. 저녁 설거지를 마지막으로 기껏 물때를 벗겨 낸 싱크 볼이다. 그곳에 치킨무의 단촛물과 남은 콜라를 쏟아붓고 젓가락과 마늘 종지(남편은 늘 빻은 마늘을 치킨에 곁들여 먹는다)를 씻는다. 잔반을 처리하느라 고약한 냄새를

풍겨 가며 또 한 번의 설거지를 하는 꼴이라니.

그뿐인가. 냄새나는 닭의 잔재를 집안에 방치할 수는 없는 노릇, 닭뼈를 넣고 다 차지 않은 종량제봉투를 서둘러 묶는다. 밤 12시가 됐건, 새벽 1시가 됐건 외투를 단단히 챙겨 입고 쓰레기 처리장으로 나가지 않으면 안 된다. 그때는 꼭 벌을 받는 기분이다. 다 먹고 난 치킨 냄새만큼이나 썩 고약한 상황이다. 필요조건으로 즐긴 치킨은 결국 잉여의 음식이었던가. 남편도 치킨을 끊겠다는 다짐을 수없이 했다. 어떤 명목으로든 치킨을 주문할 때면, '이번이 진짜 마지막이야'라는 말을 입버릇처럼 되뇌기도.

그러던 차에 새해 1월 1일이 되었다. 그 뒤로 이틀간의 휴무일이 더 주어졌다. 마침 우리 부부가 즐겨 보는 TV 프로가 방영되는 날이기도 했다. 이처럼 느긋하고 흐뭇한 날, 치킨 없이 긴긴 밤을 보낼 수야 있나. 치킨 주문에 대한 모든 명분이 명백한 밤이었다. 치킨은 유독 맛있었다. 튀김옷은 유례없이 바삭하고 속살은 부드러웠다. 뜨끈한 육질에서 육즙이 살살 흘러나왔다. 평소 둘이 먹어도 두어 조각 남기기 마련이었는데, 그날은 닭 한 마리를 말끔히 해치웠다.

그러고는 새해 벽두부터 사달이 났다. 아침을 겨우 먹고 난 남편이 화장실을 들락거렸다. 단순히 소화불량으로 보기 어려운 상황이었다. 그는 '몸이 예전 같지 않다'라고 한 마디 남기고는 곧장 화장실로 직행했다. 이어 울리는 소리에 대해서는 '청천벽력'이라 해야 할지, '폭풍 같은 굉음'으로 표현해야 좋을지, 민망한 마음으로 독자들의 상상에 맡기고자 한다.

그가 이틀 전 생굴을 먹었단다. 상황을 파악하고 보니, 노로 바이러스에 감염된 상태에서 무리하게 치른 야식으로 호되게 장염을 앓은 것이었다. 애석하게도 아이들까지 아빠의 전철을 밟았다. 그는 대번에 '전염병의 원흉'이요, '죽일 놈'이 되었다. 치킨을 끊기까지 치러야 할 대가치고는 너무나 혹독했다. 치킨을 끊겠다는 그의 다짐이 강제로 실현된 날이었다.

치킨 없이도 우리의 밤이 온전할 수 있을까? 답은 의외로 간단하다. 치킨과 함께라면 우리의 밤은 더 이상 성할 수 없다. 마음이 몸을 앞설 수 없는 시기가 온 것이다. 마흔이면 불혹不惑이라고 했다. 더 이상 우리가 유혹에 굴복하지 않기를. 남편도 나도 앞으로는 치킨의 유혹에 노출될 엘리베이터가 아닌, 계단으로 다녀야겠다는 다짐을 한다.

삶이 홀케이크라면

간만에 카스텔라를 구웠다. 도우를 부은 원형 케이크 틀을 '탕탕' 바닥에 몇 차례 내리쳤다. 송알송알 맺혀 있던 잔기포가 꺼졌다. 그 뒤는 오븐에 맡겼다. 그러나 오븐 앞을 뜰 수는 없었다. 애초에 레시피를 정확히 따른 게 아닌 데다가 임의로 설정한 오븐 온도와 시간에도 영 자신이 없었다.

식탁 의자를 끌어당겨다가 오븐을 마주하고 앉았다. '재깍재깍', 시계추처럼 일정한 타이머 소리에 마음의 소요가 가라앉았다. 생명의 싹이라도 품고 있었던 듯 도우는 느리게 살아 움직이기 시작했다. 집안은 얼마 안 가 달콤한 향기로 가득 찼다. 바닐라향 파우더도, 그 흔한 버터 조각 하나도 넣지 않았지만 반죽의 팔 할이 계란이라 그러했을 것이다. 세상에서 가장 행복한 사람은 매일 빵을 굽는 사람이라던데, 누구라도 이 달콤한 향에 취하지 않고 배겨낼 수 없을 테지.

오븐 앞에서 이 생각 저 생각을 오가며 궁싯거렸다. '동그란 모양의 카스텔라에 생크림 좀 바르고 과일 몇 개 얹으면 근사한 케이크가 될 텐데. 평범한 날이면 어때? 케이크는 일상을 특별하게 만드는 힘이 있잖아?'라고 생각하며 오븐 창 너머를 들여다보았다. 카스텔라 한쪽이 살짝 들떠 있었다. 어찌 된 건지, 시간이 흐를수록 유독 그 부근이 조개처럼 자꾸만 벌어지는 것이었다. 바라보고 있노라니 카스텔라가 입을 벌려 말을 하는 것만 같았다. 뭔가 할 말이라도 있는 걸까?

'케이크… 특별한 날…. 겨, 결혼기념일….'

"가만있자. 오늘이 12월 ◯일이면… 맞네, 결혼기념일!"

올해도 어김없이 깜빡하고야 말았다, 결혼기념일. 지금껏 이날을 기억해서 특별한 의식을 치러 본 적이 없다. 기념일을 지나친 것을 나중에서야 깨닫고 서로 머쓱해 하며, '평소에 잘 살고 있으니 그걸로 된 거다'라는 말로 갈음하곤 했다. 그나마 이번엔 하루가 다 가기 전 기념일을 알아챈 것으로 위안을 삼아야 할지.

한없이 부풀어 오르는 카스텔라 앞에서 우리의 결혼 생활을 떠올렸다. 그것은 계란과 밀가루, 오일과 설탕만으로 구운 이 단순 소박한 빵과 다름없었다. 특별한 재료는커녕 양념도 한 번 치지 않고, 향신료도 없이 오직 노른자위 하나만 가지고서 여기까지 무탈하게 달려온 셈이니.

"애들아, 오늘이 엄마, 아빠 결혼한 날이야."
"아, 그래서 오늘 빵 구운 거야? 축하하려고?"
"응? 뭐 그렇기도 하고… 그런 셈이지."

남편에게 빵 한 조각을 덜어 주며 말했다.

"나랑 결혼해 줘서 고마워."
"고맙긴."
"(우이 씨.)"
"내년은 10주년이니까 잘해 보자고."
"그래. 까먹으면 카스텔라가 또 말해 주겠지."

생크림도 안 입히고 과일 토핑도 못 올린 케이크지만 그래도 괜찮다. 충분히 달콤하고 부드럽고 폭신하게 구워졌으니. 무엇보다 따끈한 온기를 나눌 수 있으니 그걸로 됐다.

어쩌면 삶이란 케이크를 한 조각씩 덜어 내는 일과 같을지 모른다. 언젠가 결국 케이크 조각이 남지 않는 순간이 올 것이다. 삶은 어느 날 갑자기 멎지 않고, 다만 서서히 스러져 갈 것이다. 케이크를 함께 나누던 이와의 정담과 추억만이 남을런가. 때론 고소하고, 때론 달콤했던 우리들의 이야기, 이야기들.

홀케이크는 오직 여덟 조각. 고심 끝에 추린, 정말로 소중하게 여기는 이들과 케이크를 나누고 싶다. 빈 케이크 판 위로 후회나 쓸쓸함이 아닌 사랑의 여운을 남기기 위함이다.

한 번씩 마음이 동할 때면 진심과 성의를 다해 케이크를 구우려 한다. 당연한 줄로만 여겼던 우리의 인연과 별것 없어 보이는 작은 일상이 내 작은 수고로 특별함을 덧입을 수만 있다면, 얼마든지.

홀케이크는 오직 여덟 조각.

고심 끝에 추린, 정말로 소중하게 여기는 이들과

케이크를 나누고 싶다.

빈 케이크 판 위로 후회나 쓸쓸함이 아닌

사랑의 여운을 남기기 위함이다.

도마 오일링을 하며

밥 짓기의 고단함에 대해 지인들과 종종 이야기를 나눈다. 지인 중 한 명은 창밖을 바라보며 언제쯤 끼니 짓기로부터 해방될 수 있을까 한숨짓는다 했다. 또 다른 이는 딱히 음식을 많이 만들지는 않지만 머릿속으로는 시종 음식 해 먹는 걱정이라고. '해 먹을까, 주문할까. 그 가격이 그 가격인데' 하면서 엄청난 내적 갈등을 치르기도 한단다. 애써 만든 음식이 쓰레기로 전락하는 날엔 식구들에 대한 배신감으로 분노하게 된다는 이도 있었다. 녹록지 않은 삼시 세끼, 밥 짓기의 사슬에서 벗어나야 할 때다. 환기가 필요한 날이다.

삶이 퍽 고단한 날엔 밥 짓기를 과감히 내려놓는다. 몸도 마음도 상태가 썩 좋지 않은 날, 고집스럽게 주방 앞에 섰다가 크고 작은 사달이 나곤 했었다. 칼에 손을 베인다든지, 아끼던 그릇을 깨뜨린다든지, 음식이 너무 짜거나 싱겁게 된다든지, 냄비가 끓어 넘친다든지, 그것도 아니면 말짱한 밥을 홀랑 태워 먹는다든지 말이다.

그래서 주방 살림을 한 박자 쉬어 가는 날이면 밥 짓기 대신 도마 오일링을 한다. 살림살이를 최소한으로 두기를 원칙으로 한다지만 주방에 들인 원목 도마만은 이미 여러 개다. 어떤 도마는 자연스러운 나뭇결이 좋아서, 어떤 도마는 풍기는 향이 유독 향긋해서. 도마마다 이유도 다양하다. 양 너비가 넉넉해 칼질이 수월한 도마도 있다. 이걸로 끝이 아니다. 여행길에 우연히 들른 공방에서 안 사고는 못 배길 정도로 탐스러운 도마를 만나 집으로 데려왔다. 월넛 목재의 고급스런 색감과 무늬가 입혀진, 양 옆에 손잡이가 달린 플레이팅plating용 도마였다.

주방에 들일 때만큼은 저마다 각별한 사연과 매력을 품었던 도마들이다. 도마는 뒤틀림이나 이렇다 할 색 배임 없이, 언제나 한결같은 면모를 보여준 든든한 내 살림 친구요, 조력자다. 그러나 제대로 한 번 쓰다듬어 주기는커녕 쉴 새 없이 부려 먹기만 한 건 아닌지 문득 미안한 마음이 든다. 그래서일 것이다. 작정하고 주방일을 쉬는 날이면 하릴없이 도마에게로 마음이 기운다.

도마 오일링은 여유만 있으면 된다. 과정과 절차가 크게 까다롭지 않다. 먼저 도마를 굵은소금으로 살살 문질러 가며 미지근한 물로 닦는다. 세척한 도마를 바람이 잘 통하는 그늘에서 완전히 건조시킨다. 작은 공기에 따라 낸 오일을 천연수세미에 적셔 가며 기름을 먹인다. 가정에서는 들기름이나 올리브유 같은 식물성 기름을 많이 사용하지만 나의 경우에는 애초에 도마용 미네랄 오일을 구비해 뒀었다. 공방에서 원목 도마를 구매할 때 얼마간을 얻어 두었던 것이 무척이나 요긴하다.

나뭇결을 따라 고루 기름을 입히다 보면 어느새 마음이 차분해진다. 도마 자체가 가진 고유의 결과 색감, 향기가 도드라지기 시작한다. 이렇게 곱고 매끈했던가. 이처럼 반듯하고 구김 없었던가. 도마 표면에 영광의 훈장처럼 드러난 크고 작은 칼자국에 마음이 아려 온다. 물기 마를 새 없는 주부 손에 새겨진 거친 주름, 그 고단함의 흔적 같기도 하다.

오일을 한 겹 입은 도마들에서 완전히 새것 같진 않지만 새로운 느낌이 난다. 선탠suntan이라도 한 듯 한결 건강해 보인다. 나도 살림 걱정일랑은 잠시 접어 두고 당장 봄 햇살이나 맞으러 밖으로 나가야 할까 보다. 고단함일랑은 잊고 다시 뜨거워져야 할 때니까.

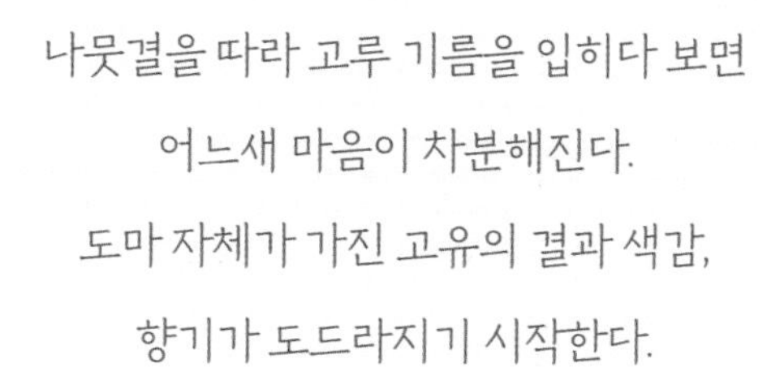

나뭇결을 따라 고루 기름을 입히다 보면
어느새 마음이 차분해진다.
도마 자체가 가진 고유의 결과 색감,
향기가 도드라지기 시작한다.

외식으로 배우다

글을 쓰다가 어휘가 마르면 흠모하는 작가의 문장을 들춘다. 삶이 퍽퍽해 눈물이 말랐다 싶으면 TV 드라마를 튼다. 손수 지어 낸 밥반찬이 연일 마뜩잖고, 무슨 음식을 만들지 좀체 기특한 생각이 떠오르지 않으면 남의 집 밥상에 대해 묻는다. “오늘 저녁 뭐 해 먹어요?”라고. 그래도 해결을 볼 수 없다면 묘수가 절실한 날이다. 그렇게 마음을 써 가며 차린 밥상을 가족 모두가 함께 누리는 것마저 힘들다면 식사의 본질을 되짚어 봐야 할 때다.

식구들에게 밥을 떠 주고 솥에 남은 밥을 정리하다 보면 한 박자 늦어진다. 뒤늦게 자리를 잡고 밥술 좀 뜰라치면 한 놈이 “엄마, 물” 한다. 물을 떠다 주고 엉덩이를 붙이기가 무섭게 또 다른 놈이

"김치가 너무 커. 잘라 줘" 한다. 김치를 먹겠다는 말이 그저 반가워 무거운 몸뚱이를 번쩍 일으킨다. 시중을 드느라 몇 번 자리를 오가다 보면 식구들은 이미 식사의 중반을 향해 간다. 먹는 속도가 일등인 남편은 밥공기 벽에 붙은 밥풀을 정리 중이다. 그날 차려 낸 반찬이 깔끔하게 비워진다면 운이 좋은 날이다. 보통은 식탁에 혼자 남아 '이 아까운 걸…' 하며 억지로 한술을 더 뜨게 된다. 기분이 살짝 나쁘도록 불러 온 배를 의식하며 '이번 끼니도 겨우 치러 냈구나' 하고 조그맣게 한숨을 내쉰다. 이것이 보통날의 현실 밥상이다.

고단한 밥상을 뒤로하고 부부가 단둘이 집 밖을 나섰다. 평소 눈여겨보았던 프렌치 경양식집을 찾아 양파 수프와 알리오올리오, 그리고 스테이크를 주문했다. 아담한 수프 볼에 담겨 나온 양파 수프의 가격이 상당했다. 그러나 웃돈을 주는 것은 아니라 생각했다. 양파를 캐러멜의 진한 갈색 빛이 돌도록 볶는 일은 얼마나 고되고 긴 시간을 요하는 일인지, 누구보다 그것을 잘 안다.

"나 실은 이 양파 수프를 꼭 돈 주고 사먹고 싶었어."

"왜 굳이?"

"지난번에 직접 닭 육수를 내고 양파를 볶아서 양파 수프 끓였었

잖아. 빈말이 아니라 그때 정말 팔이 빠져라 양파를 볶았단 말이야."

"정말? 몰랐네. 난 그냥 맛있다고 후룩후룩 마셔 버렸는데."

"그날 애들도 그랬어. 추위에 떨며 놀다 와서는 정말 순식간에 해치워 버리더라. 만드는 데 두 시간 가까이 걸린 거 같은데, 잘 먹어 줘서 고맙긴 하지만 조금 당황스럽긴 하더라."

그는 내심 놀란 표정이었다. 우리는 양파 수프를 화두 삼아 한 그릇 음식이 식탁에 오르기까지 얼마나 많은 사람의 손을 거쳐야 하는가에 대해 이야기를 나눴다. 그도 나도 수프를 한 스푼씩 떴다. 그리고 천천히 음미했다. 수프에서는 내가 알고 있는 것 이상으로 농후한 맛이 났다. 누군가의 정성과 수고로부터 비롯된 깊은 맛임이 분명했다.

알리오올리오는 순전히 남편을 위해 주문한 메뉴였다. 유난히 마늘의 풍미를 즐기는 남자에게 입에 꼭 맞는 음식을 찾아 주고 싶었다. 평소 아이들 먹인다고 면을 '알덴테al dente' 이상으로 삶느라 파스타 특유의 질감을 누리지 못했었다. 남자는 평소와 달리 면을 꼭꼭 씹고 있었다. 흐뭇한 마음이 들었다.

이번엔 그가 나를 배려했다. 그는 "평소에 나는 고기를 많이 먹으니까 당신 좀 먹어"라고 하며 부지런히 고기를 썰어 주었다. 그러고는 내가 마지막 남은 고기 한 점을 해결할 때까지 차분히 기다려 주었다. 남자의 다정함을 벗 삼아 느긋하게 식사를 즐겼다. 간만의 일이었다.

식사란 단순히 '각자의 허기를 면하거나 열량을 채우는 일'이 아니다. 오히려 그것은 '우리의 몸과 마음을 함께 돌보는 일'이다. 그래서 우리는 가족과 한 상에 둘러앉고, 좋아하는 사람과 음식을 나눈다. 식사는 마음을 나누고 사랑을 교환하는 통로다. 음식 앞에서 몸과 마음을 무장해제한 이에 대해 애틋해진다. 함께 먹는 일만큼 즐겁고 유쾌하며, 친밀감과 안정감을 주는 경험이 어디 또 있을까.

식사의 본질에서 너무 멀어졌다 싶은 날엔 되돌아가려 애쓴다. 밥 짓는 수고로부터 떠나 모처럼 얻은 자유와 한가로움이 달콤하다. 서로가 마음을 열고 사랑하기 좋은 날이다. 소중한 사람과 좋은 음식을 대하고 나면 당장 집에 돌아가 밥을 짓고 싶어진다. '좀 더 노련해져야지. 스스로를 가족 밥상에서 소외시키지 말아야지!' 하고 심기일전한다. 가끔은 외식으로부터 배운다.

나름대로 완벽한 밥상

허기虛飢란 '몹시 굶어 배고픈 느낌'이다. 배고픔 뒤에는 많은 유익이 따른다. '시장이 반찬이다'라는 속담이 대변하듯, 식전 공복의 중요성이야 더 말해 무엇 하리. 무엇보다 공복은 음식에 대한 설렘을 안겨 준다. 익숙한 맛도 새롭게 느끼게 하고, 담박한 맛에서도 만족을 알게 한다. 더 나아가 공복은 사람과 사람을 이어 주는 힘이 있다. 이것이 배고픔의 미덕이다.

공복은 우리 몸이 음식을 온전히 받아들이기 위해 꼭 필요한 전제 조건과 같다. 선수의 기량을 한껏 발휘하도록 돕는 준비 운동과 같은 것으로, 몸의 모든 감각을 일깨워 음식 재료가 지닌 본연의 맛과 풍미를 음미케 한다. 이런 점에서 공복은 단순한 결핍 상태가 아닌 더 좋은 것을 받아들이기 위한 준비 단계다. 채움의 또 다른 이름이다.

이른 퇴근을 한 남편과 일과를 마친 아이들이 허기를 가득 안고 들어온다. 그들이 안고 온 허기는 좋은 밭이다. 좋은 씨앗이 뿌려질 차례다. 어쩌면 가물어 갈라진 논바닥일지 모른다. 무엇이든 힘차게 빨아들일 준비가 되어 있을 것이다. 지체 없이 수로를 활짝 열어젖혀야 할 시간이다.

모두가 식탁에 둘러앉으면 식구들의 몸과 마음의 상태가 고스란히 전해진다. 저마다 제 몸이 필요로 하는 음식에 젓가락이 가 닿는다. 기운이 달렸던가. 누군가의 젓가락이 달콤 짭조름한 우엉조림에 먼저 오른다. 갈증에 시달렸던가, 또 한 벌의 젓가락이 물 많은 토마토 샐러드에 닿는다. 그렇지 않고 한 손바닥 위에 국 대접을 올려놓고 허겁지겁 국물과 건더기를 동시에 들이켜는 이도 있다.

배 속의 급한 허기를 끄고 나면 마음속 허기를 살필 차례다. 잠시 다른 곳에 머물다 왔을 뿐인데 우리는 왜 그리 할 말이 많은 걸까? 사연일랑 왜 그리도 절절한 걸까? 어린 딸은 반 친구들이 편지를 잔뜩 써 주었다며 기쁨이 만개한 표정을 짓는다. 아들은 아끼던 놀이 카드를 통째로 잃어버렸다며 상심한 마음을 툭 터놓는다. 남편은 낮에 만난 누군가에 대한 이야기, 그날 쓴 기사 이야기를 두서없이 풀어놓는다. 그러다 별안간, "우리가 고기 구워 먹은 게 언제였더라? 꽤 된 것 같지, 아마? 어서 마당 있는 집으로 이사 가서 삼겹살을 구워야 할 텐데"라며 자신의 오랜 로망을 이야기한다. 가만 듣고 있던 아들이 별안간 눈시울을 붉힌다. "그럼 난 어떡하라고요, 내 아파트 놀이터 친구들은…." 머쓱해진 아빠는 아들이 가장 좋아하는 반찬 하나를 곰살스럽게 밥 위에 얹어 주며, "아니야, 아니야. 당장은 아니지. 이거 먹고 눈물 그치자, 응?" 한다.

우리는 식탁에 둘러앉아 밥만 먹는 게 아니다. 이야기를 주고받으며 웃다가 울다가 한다. 뒤돌아서면 잊게 될 사소한 이야기일망정 고개를 끄덕여 가며 서로의 마음을 알아준다. 저마다의 사연이 한바탕 오가고 나면 비로소 가족의 하루가 마무리된다.

한편 밥을 짓는 자만큼 배고픔과 공복의 유익을 잘 아는 사람이 또 있을까? 허기짐 없이 어찌 서둘러 요리할 마음이 날까. 포만감으로 무디어진 감각은 더 자극적이고 인위적인 맛을 요구하게 마련이다. 점차 맛에 둔감해지고 창의적 발상에서는 멀어질 것이다. 식재료를 의무감으로만 다루게 되기 십상이다. 요리가 아닌 기계적이고 단순한 조리에 그치게 될지 모를 일이다.

공복의 유익을 경험한 이후로 요리하는 일이 쉽고 즐거워졌다.

살짝 허기가 돌 무렵이면 몸의 감각이 예민해지기 시작한다. 머릿속에서는 냉장고 속 별 볼 일 없는 재료들이 순식간에 조합되면서 그럴듯한 음식이 완성된다. 마치 어지럽게 흩어진 퍼즐 조각들이 각자 제자리를 찾아 의외의 작품을 만들어 내듯 말이다. 기특한 생각이 퐁퐁 솟아나, 굳이 요리책을 들추거나 억지로 메뉴를 짜낼 필요가 없다.

배부름에는 눈앞의 산해진미라도 무미無味하다. 그러나 허기진 배에는 단출한 밥상도 별미別味다. 밥상에서 나누는 이야기에조차 재미가 곱절은 더해진다. 배고픔의 소리를 들을 줄 아는 자가 차린 밥상, 그리고 허기를 가득 안고 밥상을 마주한 이. 이 조합에는 실패가 없다. 허기가 불러온, 나름대로 완벽한 밥상이다.

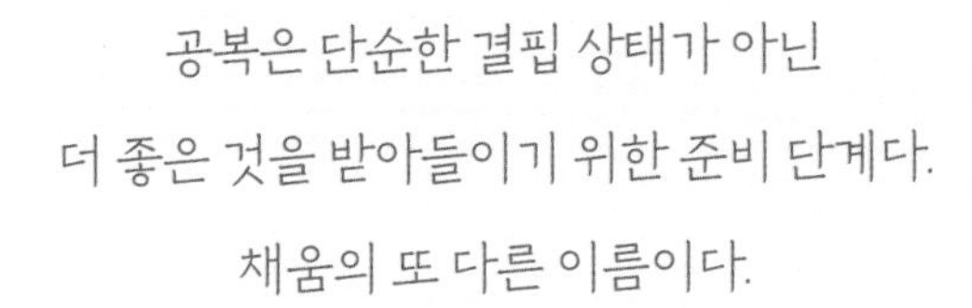

공복은 단순한 결핍 상태가 아닌

더 좋은 것을 받아들이기 위한 준비 단계다.

채움의 또 다른 이름이다.

에필로그

밥은 먹고 다니니?

밥은 삶을 지탱하는 힘이다. 저마다 어려운 시기에도, 혹은 유례없이 풍족한 시대에도 우리는 밥으로 서로의 안부를 묻는다. 밥은 먹고 다니느냐고.

60대 시모는 때때로 전화를 걸어 '밥은 먹었나' 하고 물으신다. 공휴일이 되면 '노는 날인데 맛있는 거 좀 사 먹지, 왜' 하신다. 가끔 찾아뵈면 '사람이 모이면 먹는 일밖에는 즐거운 게 없더라' 하시며 집 근처 시장에서 산해진미를 날라다 자식 손주 밥 해 먹이는 데에 여념 없으시다.

밭농사를 지으시는 나의 부모는 오늘도 택배 꾸러미를 보내와 '밥을 잘 먹어야지' 하신다. 갓 거둬 담은 채소가 아직 숨을 쉬는지 비닐 팩마다 훈훈한 습기가 올라 있다. 어느새 노부가 돼 버린 나의 아버지는 다리도 제대로 못 펴고 앉아 부추며 마늘이며 쪽파를 일일이 다듬으셨겠지. 귀찮아 말고, 하나도 버리지 말고 수월하게 해 먹으라는 아비의 바람이리라.

시골 어매 손은 크다. 철마다 보내오는 밭작물이 한 무더기씩이다. 어느 날은 어마어마한 양의 당근이 올라왔다. 봄 끝물이라고 취나물 잎은 호박잎만큼 컸다. 하도 기가 막혀서 꾸러미를 열고 한참을 서서 구경했다. 그런데 그게 귀한 줄 알고 세상의 모든 지혜를 짜내 끝까지 먹어 내는 나라는 딸년도 가상타.

취와 당근을 착즙한 뒤 그 물로 수제비 반죽을 했다. 강력분과 박력분을 3대 1로 쓰면 틀림없이 쫄깃하다. 양 손 엄지를 반죽 가운데로 모아 가며 시간을 잊고 치댄다. 꼭 무엇처럼 '피식피식' 터지는 소리에 웃음도 함께 터진다. 반죽을 한 번씩 볼에 후려치면 쫄깃함이 더해진다. 식용유를 몇 방울 떨어뜨려 주면 금상첨화다.

주황, 초록으로 곱게 물든 반죽 두 덩이를 냉장고에 들이고는 저녁참이 되기만을 기다린다. 손수 빚은 반죽을 일일이 뜯어내 수제비를 끓이고 싶어 안달이다. 실은 시골 어매한테 '나 이렇게 잘 해 먹고 사노라' 자랑할 생각에 입이 근질근질한 것이다.

그 와중에 '절대 허기'를 생각한다. 아무리 풍요로운 세상이라 해도 먹거리 사각지대가 있다. 당장 내 눈앞에 보이지 않을 뿐 생각보다 많은 수가 배를 곯는다. 비대면 수업으로 학교 급식을 먹지 못해 결식하는 아동의 수가 크게 늘었다고 한다. 청년 세대의 먹거리 기본권 또한 심각하다는 보도가 심심찮게 들린다. 이것은 머나먼 빈민국의 이야기가 아니라 오늘날 우리의 이야기다.

설사 먹고 살 만해도 마음의 여유가 없어 대충 끼니를 때우는 사람도 많은 줄로 안다. 당장 오지 않을 앞날을 염려하며 현재를 저당 잡히는 삶이다. 자극적인 음식을 먹으며 혀끝 쾌락을 누리는 것으로 하루의 위안을 삼는 이도 있다. 충분한 영양으로 채워지지 못한 몸은 또 다른 허기를 부르게 마련이다. 이 또한 절대 허기만큼이나 고달픈 인생이 아니겠는가.

때때로 허기가 우리 삶에 노크를 한다. 몸에 깃든 허기란 심신을 보듬어 달란 소리 없는 외침이다. 삶에 깃든 허기란 행복의 여지요, 더 나은 삶으로 향하는 기회의 문이다. 이토록 의미심장한 허기를 모른 척하거나 홀대할 이유가 있을까. 그래서 우리는 소중한 사람의 속사정을 부지런히 살피며 살아가는 것인지도 모른다. 종종 밥으로 서로의 안부를 묻기도 하는 것이다. '밥은 먹고 다니니?'라고. 이 물음은 아무나 던질 수 없다. 가까운 사람, 서로를 진심으로 염려해 주는 사람 사이에서만 물을 수 있다. 사회적 위신을 염려해서도 아니고, 손댄 일이 잘 풀리기를 바라는 것도 아니고, 그저 몸 성하고 아픈 데 없기를 진심으로 위하는 마음이다. '밥은 먹고 다니니?'라고 묻는 것은 '네 몸과 마음을 돌볼 최소한의 여유는 갖고 살고 있니?'라는 말이나 진배없다.

허기짐의 끝에 마주한 밥상에는 쉼과 위안이 있다. 독자 한 분 한 분이 부디 그 밥상 앞에서 삶의 여독을 풀고 새 힘을 얻기를 바란다. 허기를 함께 채워 가는 과정에서 분명 소중한 만남과 인연을 더불어 얻게 될 것이다. 이 부족한 글이 부디 각자의 허기를 일깨워 그것의 쓸모를 누리는 데 소용된다면 더할 나위 없이 기쁘겠다. 그렇게만 된다면야 이 글 또한 쓸모를 다한 것이리라.

글을 마치려는 차에 문득 묻고 싶어졌다.

여러분,

밥은 먹고 다니시나요?

허기의 쓸모

초판 1쇄 발행 2021년 9월 16일

지은이 서지현
펴낸이 박성인

책임편집 이다현
편집 강하나, 김희정
마케팅 김멜리띠나
경영관리 김일환
디자인 213ho
일러스트 MoLEE 이희은

펴낸곳 허들링북스
출판등록 2020년 3월 27일 제2020-000036호
주소 서울시 강서구 공항대로 219, 3층 309-1호(마곡동, 센테니아)
전화 02-2668-9692 | **팩스** 02-2668-9693
이메일 contents@huddlingbooks.com

ISBN 979-11-91505-06-1 03810 | **KOMCA 승인필**